レギュラーの
介護のこと知ってはります？

レギュラー
松本康太
Kota Matsumoto
西川晃啓
Akihiro Nishikawa

竹書房

CONTENTS

レギュラーの
介護のこと
知ってはります?
目次

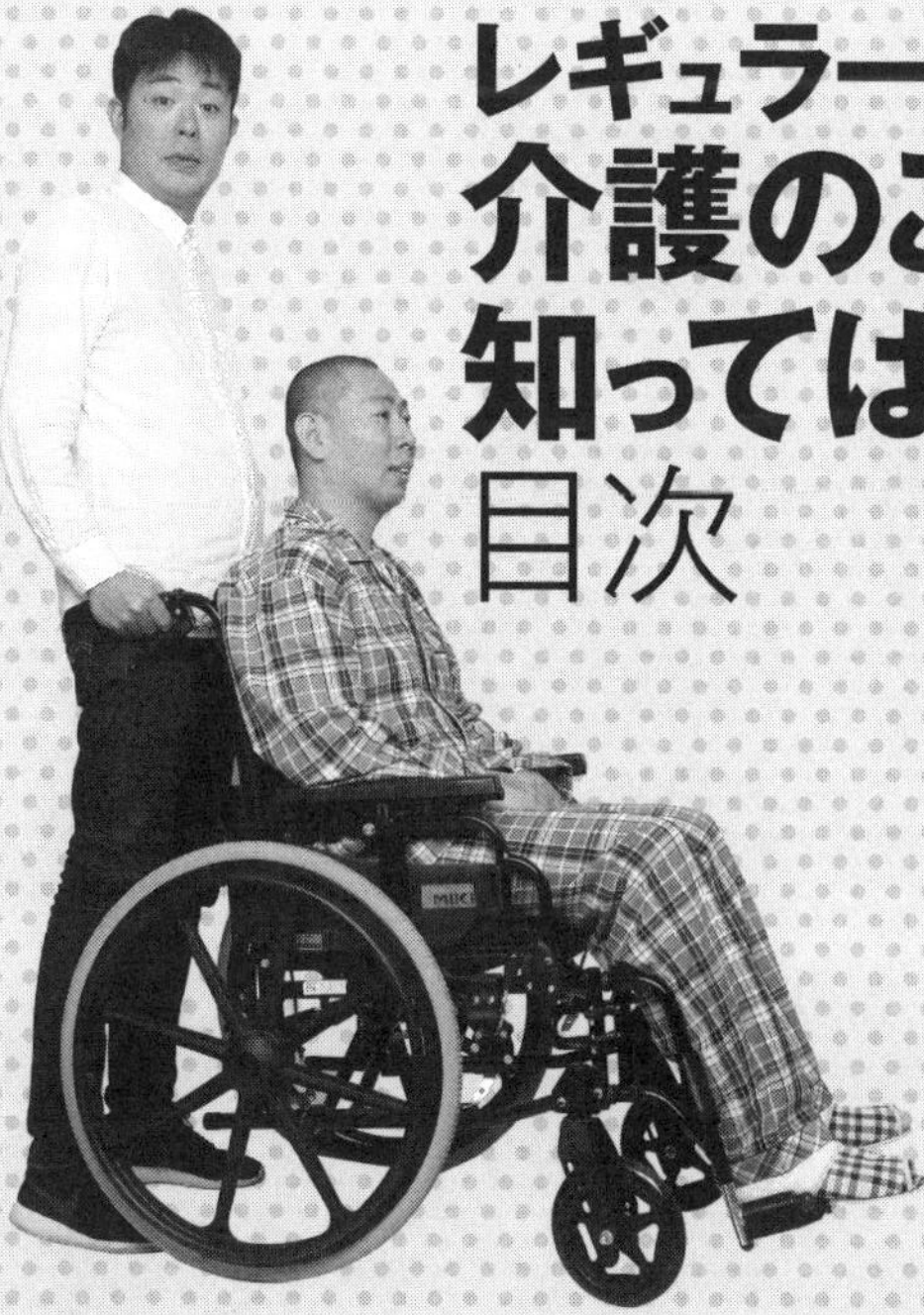

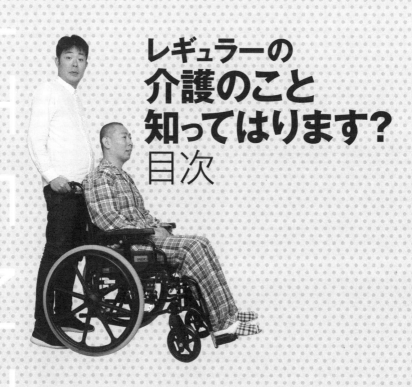

目次

Contents

まえがき

松本　西川くん、ついに僕らが
　介護の本を出版することになったな！

西川　グゥゥゥ〜（気絶）。

松本　あああっ、この本をみなさんに手に取ってもらったら、西川くんが緊張して気絶してしまったぁ〜！　こうなったらあるあるさんとこの探検隊を呼ばなあかん！
　ドゥドゥビドゥバドゥビ♪

二人　はい、はい、はいはいはい！　あるある探検隊、あるある探検隊♪

西川　松本くん、みなさんが日常生活で経験したあるあるを言うて〜！

松本　ほないくで〜、せ〜の！　ジジイかババアかわからない♪

西川　ちょっと！　よく介護本で言うたなぁ！

松本　これ、施設に行ったらウケるやつなんやで！

西川　確かに、実際におじいちゃんおばあちゃん、笑ってるよ！

【「あるある探検隊」】ブレイク当時のレギュラーの代表的ネタ。気絶するくだりも、その一環。日常の「あるある」をフレーズで言っていたが、ウケなくなってきたので、ないことにも手を出している。

松本 そやねん、おじいちゃんおばあちゃんって、僕らに優しいもんな。

西川 ところで松本くん、最近街を歩いていても、おじいちゃんやおばあちゃんが増えたよな。

松本 西川くん、失礼なこと言うなぁ。みんな若々しいやん！

西川 違うよ、さっき、僕らが可愛がられている的なことを言うてたやん！　この何年かで、世の中は高齢化社会になってきていると思うねん！

松本 人生の先輩を「高齢化」という言葉で説明したらあかん！　西川くんの悪いところが出てるで！

西川 松本くんは僕を貶めるプロやな！　も〜やめてよ、悪者にするの！　高齢化社会になっていると言うたのは、データでもはっきり出てんねん！

松本 データ？

西川 二〇一五年の国勢調査によれば、六五歳以上の人口は三三四六万五四四一人で、総人口の二六・六%、既に四人に一人は高齢者やねん。高齢化率が二一%超の、「超高齢社会」になっとるんやで！　四人に一人が高齢者ということは、おじい、おばあの子供の世代もいい歳になってくるんやで。松本くん知ってた？

松本 西川くん、お笑いより熱く語るやん！

西川　『東京オリンピック』が開催される二〇二〇年には、日本の女性の半数が五〇歳以上になるそうやしなぁ～。

松本　西川くん……、お笑いのこと考える時間、ちゃんと取ってくれてる？

西川　問題はそのおじい、おばあの介護の話や。五〇代に突入すると、親の介護に直面する人がぐっと増えるのは当然やな。厚労省の「年齢階層別要介護認定者率」では六五～六九歳が三％、七〇～七四歳が六％、七五～七九歳が一四％、八〇～八四歳が二九％、八五～八九歳が五〇％。いわゆる「介護離職」も増えていて、総務省が五年ごとに実施している「就業構造基本調査」（二〇一二年）によると、働きながら介護している人は二九一万人（男性一三一万人、女性一六〇万人）で、四〇～五〇代の働き盛りが一六七万人（男性六九万人、女性九八万人）もおる。介護のために仕事を辞めた「介護離職者」は、二〇一二年までの五年間で四八万七〇〇〇人。毎年一〇万人が、介護で職場を去ってるんやな。

松本　西川くん、詳しすぎて怖いわ！
最近お笑いのことで悩んでんのか？
わかってる？
自分、気絶して笑いを取るタイプの芸人やで！

西川　まさに気絶しそうな現実が来るんやで！　日本の人口ボリュームで言うと、二〇一六年に出生数が一〇〇万人を切って少子化でどんどん人口は減るのに、世帯数は増えるんやって！　二〇一〇年の世帯数が五一八四万世帯なのに対して、二〇一九年には五三〇七世帯になるらしい。要は、一人暮らしのお年寄りが一二〇万世帯以上も増えるんや。「団塊世代」の先頭、一九四七年生まれが七五歳になるのが二〇二二年。近い将来、介護が必要なお年寄りは右肩上がりで増え続けんねんで。

松本　今までに経験したことない社会が来るってことか。

西川　そういうこと。じゃあ、ここで松本くんにクイズ！

松本　ジャンルだけ決めさせて！　えっと……、アニメで！

西川　この流れでアニメはおかしいやん、介護福祉のクイズや！　ちょっと先の話になるけど、二〇二四年には三人に一人が〇〇になってしまうらしいねん。なんやと思う？

松本　前歯が黄色くなる！

西川　何を根拠に言うてんの！

松本　だから、体を守ろうとしてやな！

西川　どういうことや！　正解は、六五歳以上の超高齢化社会になってしまうの。

【二〇一六年に〜】「日本の世帯数の将来推計」（法人研二〇一三年）より

松本　そーなんや！

西川　ここでもう一問！　二〇二六年には〇〇が七〇〇〇万人規模になるという予想も出てる。松本くん、何かわかる？

松本　これは簡単！　僕のインスタグラムのフォロワーの規模！

西川　なるかいな、あんな一発屋芸人仲間の写真ばかりのインスタグラム！

松本　あかんかな？

西川　正解は「認知症患者」！

松本　ええーっ！　そんなに増えるの!?

西川　そう！

それに反して介護従事者は減り続けて、二〇三〇年頃には地方の老人ホームが次々と消滅する予想や。さらに遠い将来やけど、僕らのちょっと上の「団塊ジュニア世代」がおじい、おばあになる二〇四二年には、高齢者人口は約四〇〇〇万人とピークを迎えるとか。その時の人口比で、半分近い感覚やで。二〇四五年には、東京でも都民の三人に一人が高齢者になるんやて、えらいこっちゃ！

松本　深刻な問題やな！

松本くんのインスタグラム
aruarutankentai.matsumoto

西川　今から僕らの世代が介護のことを考えんと、大変なことになるで。真正面から「介護」というよりも、いつそうなっても困らないように少しずつ意識することが大事やねん！

松本　西川くん、詳しいな〜。勉強して、いろんなデータを覚えたんや！

西川　ううん、手元にある資料を見ながらしゃべってる！

松本　グゥゥゥ〜（気絶）。

西川　それ、僕がよくやるヤツ！

レギュラーの二人が取得した資格について

介護職員初任者研修(旧ヘルパー 2級)

在宅、施設を問わず、
介護職として働く上で基本となる知識・技術を習得する研修。

参照:厚生労働省

レクリエーション介護士2級

介護現場に笑顔を広げる資格。
自分の趣味・特技を活かしながら、アイデアや着眼点によって、
高齢者に喜ばれるレクリエーションを提供します。
歴史的背景を理解し、高齢者一人ひとりと向き合い、
その人にあった最適なレクリエーションを提案することで、
生きがい(生きる喜びや楽しみ)を
見いだしていくお手伝いをすることができます。
そうすることで、介護現場に笑顔の輪を広げていきます。

参照:一般社団法人日本アクティブコミュニティ協会

AR動画視聴方法

お持ちのiPhone（iPad）、Androidのスマートフォンなどに、スマートデバイスアプリ『COCOAR（ココアル）2』（無料）をダウンロードしていただき、起動していただいたうえで、AR動画対応ページ『レギュラーが考案　オリジナル認知症予防体操』（P134～153）のグレーの枠の画像を、アプリのオレンジの枠に合わせてスキャンしていただければ、動画がご覧になれます。

STEP.1 **スマートフォンを用意する。**
（あるいはスマホアプリが使用できるタブレット端末）

STEP.2 **無料アプリ『COCOAR2』をダウンロードする。**

●iPhone（iPad）をお使いの方は
「AppStore」で【COCOAR2】と検索。

●Androidをお使いの方は
「Playストア」で【COCOAR2】と検索。

パンダマークのアプリをダウンロードしてください。
左のQRコードで、アプリダウンロード画面に遷移します。

STEP.3 **各ページの指定マーカー（レギュラー2人の写真）を「COCOAR2」でスキャンする。**
「上の写真をスキャンしてください」の文字が入ったページ（グレーの枠がついているところ）で動画が見られます。写真全体が画面に入るようにスキャンしてください。

ワンポイント！
スマホを横向きにすると全画面動画になります。iPhoneは画面をタップすると全画面になります。

Powered by COCOAR2

※対応OSについては各OSのダウンロードページにてご確認ください。

第一章

僕らが介護芸人になったわけ

レギュラー
（松本康太／西川晃啓）

河本さんの一言で、介護に足を踏み入れた

松本　どうも〜、レギュラーでーす！

西川　お久しぶりで〜す！

松本　実は僕たち、最近は介護に携わっているんです。なっ、西川くん！

西川　そうなんですよ。二人とも「介護職員初任者研修（旧ヘルパー2級）」と「レクリエーション介護士2級」の資格を取ってね。その辺のいきさつを、松本くん、話してあげて！

松本　もともとは、「時間に余裕がありすぎる」ことがきっかけなんです（笑）。「あるある探検隊」でブレイクしたのはいいものの、ブームが去ると同時に仕事がなくなって……。

西川　そのあと、『紳助社長のプロデュース大作戦！』という番組で、沖縄県の離島・宮古島に住んで民宿をやったりもしたよなぁ。

【「介護職員初任者研修（旧ヘルパー2級）」、「レクリエーション介護士2級」】
→P二二を参照。

【紳助社長のプロデュース大作戦】
島田紳助が率いる架空の会社『赤坂プロダクション』のメンバーらが、世のため人のために様々なプロジェクトを立ち上げ、様々な世代の人々に夢・希望・感動といった願いを叶えていくドキュメンタリーバラエティ番組。TBS系列で二〇一〇年四月から二〇一一年八月まで放送された。

松本　あった、あった。その番組も終了し、宮古島から帰ってきて、とりあえず時間に余裕があることに気づいて。何かスキルというか、身につくことをしたほうがいいなと考えたんです。そこでふと、そういえばおばあちゃんが亡くなる前に認知症のような症状やったなあ、と思い出した。当時の僕は忙しかったから介護の手伝いをできなくて、全部うちのおかんがやってくれました。もちろん僕は、認知症の知識なんて全くない。それがずっと、頭の片隅にあってね。ちょうどその頃、次長課長の河本（準一）さんが毎月岡山に行っては、老人ホームを三ヵ所くらい回るボランティアをやられていて。「松っちゃん、ついてきてくれない?」と誘われたんだよね。

西川　それで松本くんは、一緒に行かせてもらったんやな!!

松本　河本さんには昔からお世話になっているから、お手伝いさせていただきました。それまでも河本さんは、いろんな芸人さんと行かれてて、とろサーモンの村田（秀亮）くんとか。僕が同行するようになって、何回か経験しているうちに、河本さんから「松っちゃんは、お年寄りにいい感じで受け入れてもらえるね」と言ってもらったんです。

西川　それは、うれしい言葉やなぁ。

松本　「あるある探検隊」のリズムネタをやったら、ホームのみなさんが喜んで一緒にやっ

【次長課長の河本準一さん】
松本くんは大阪時代に河本さんと同居していたこともあるほど、昔から縁が深い。二〇二二年後半くらいから、河本さんが中心となって、出身地の岡山にてボランティア活動していた。

【とろサーモンの村田秀亮くん】
二〇一七年『M-1グランプリ』王者。ナレーションの仕事もこなす。

てくれたり。あと、行っていたのが河本さんの地元の岡山だったので、方言クイズとかね。

西川　どんなクイズなん？

松本　河本さんに「あんごうじゃろ」と言われて、僕が「ありがとうございます」と答えると、みんなが笑うんです。「彼はね、なんて言われているのかわかっていないんですよ。松本くん、『あんごうじゃろ』ってなんやと思う？」と河本さんが話を振るから、「〝いい服着てますね〟という意味じゃないんですか？」と返すと、またみんなが笑う。正解は「こいつバカだな」みたいな意味やったんです。地元の人は方言を知っているか

次長課長河本さんと

ら、おかしなやりとりに笑ってくれるねん。ほかにも、イントロクイズとかやったなぁ。

西川 楽器もないのに、イントロクイズを⁉

松本 河本さんが鼻笛で『愛燦々』を奏でて、イントロクイズをやるねん。で、「次のクイズで～す！」と、B'zの『ultra soul』をやるの。若者向けの曲だから、僕は最後に「ヘイ！」とノッてから、「いや、誰が知ってるねん！」とツッコむ（笑）。そこから、リクエストを募って。そうすると『○○の契り』みたいな、僕ら世代では知らないような曲を頼まれる。「ええっ、それ何⁉」となっている河本さんに、僕が「では『○○の契り』です、どうぞ！」とムチャ振りすると、河本さんは即興で適当に歌う。♪○○の契り～♪　と言うと、老人ホームの方々が「違う、違う‼」とツッコむ（笑）。そんな風に、その場にいるご年配の方々も巻き込んでやるような感じで。

西川 結構ウケたん？

松本 ウケたね～。ターゲット層が年配の方やから、いつもの漫才とは全く違う感じなんだけど。そこにきっちり合わせている河本さんは、さすがすごいなと思った。僕はそこに乗っからせてもらっている感じだったけど、いろいろと勉強になった。その

【愛燦々】
一九八六年五月リリースの美空ひばりのシングルにして代表曲の一つ。作詞作曲・小椋佳。

【ultra soul】
二〇〇一年三月リリースのB'zのシングル。作詞・稲葉浩志、作曲・松本孝弘。

時に河本さんが「資格とか、介護のこと勉強してみたら？　レギュラーに合っているから、今後、仕事の幅が広がると思うよ」と助言してくれたのが、ことのはじまり。おばあちゃんのことも思い出して、「介護のこと、ちょっと勉強しようかな」「知識を入れとこう」くらいの感じで、西川君に相談したなぁ……。

西川　それで僕も、一緒に勉強しに行くことにしたんだよね。同じく、暇やったから(笑)。ただその時は、ここまで二人で介護の仕事をやることになるイメージは、持っていなかったなぁ。

松本　でも西川くん、宮古島ではおじいやおばあに、すごくお世話になってたやんか。

西川　うん、確かに。

松本　番組が突然終わって、お世話になった宮古島から東京へと帰ることになり、また劇場でネタをやることになって。となると「あるある探検隊」以外にもネタを作らなきゃアカンよな、という話になり、宮古島の企画で僕らを知ってくれた人のために、ネタを書いてみようかと考えたんだよね。その時に西川くんが、「年配の人をターゲットにしてネタを作ってみたらどうかな」と言ってくれた。僕らは年配の人にた

くさんかわいがってもらったから。

西川 若い人もたまに声をかけてはくれたけど、どちらかと言えば上の世代の方のほうが、僕らに親しんでくれているという気はしていたな。宮古島ではおじいやおばあがしょっちゅう話しかけてくれたし、話すと喜んでくれたし。僕らが普通のお笑いの仕事をやっている時も、年配の人のほうが反応は良かったし。

松本 渋谷のヨシモト∞ホールより、今はなきよしもと浅草花月のほうがウケていたもんな（笑）。営業でも学園祭より、年配の人が出席する企業のパーティーに呼ばれることのほうが多い。地方の夏祭りでも、僕らのネタで喜んでくれるのは、おじいちゃんやおばあちゃんと子どもさん。真ん中の中高生世代が、ぽっかり空いている（笑）。テレビで人気がある芸人さんは、登場すると高校生が「キャーッ！」と黄色い歓声を上げるけど、僕らはそういうタイプじゃないから。

西川 若い女の子によく言われるのが、「レギュラーさんのファンやで、私のお母さんが」。君じゃないんかーい！ と（笑）。本人や友だちじゃなく、親や祖父母がファンですと、若い人からしょっちゅう言われる。

松本 「ファンです」と言ってくださる人の年齢を聞いたら五〇歳とか、しょっちゅうある話やもんな。

【ヨシモト∞ホール】
東京都渋谷区宇田川町にある吉本興業のホール。主な公演は若手芸人のライブで、テレビ収録などもおこなわれる。

【よしもと浅草花月】
かつて東京都台東区浅草の『雷5656会館』五階・トキワホールにて吉本興業が運営していた演芸興行。土地柄もあるのか、他の吉本の劇場に比べて年齢層が高かった。二〇一五年七月終了。

西川　年配のディレクターさんに「松本くんは可愛いね」「西川くんの白目がすごいね」とホメてもらったり。

松本　しかも僕らのネタは系統的に、子どもさんからお年寄りまで盛り上がってもらえるタイプなので。

西川　その自覚は、ずっと心にあって。レギュラーは年配の人に向いている芸人なのかもと感じてたな。

松本　そういう意味でも、ネタでやることをちょっとずつシフトチェンジしていかなきゃいけないという思いは、漠然としてあったのかもしれない。なかでも一番の転機は、宮古島から帰ってきて、舞台にまったく立っていなかった時期に、東日本大震災のボランティアでネタをやったこと。

西川　ああ、『よしもとあおぞら花月』ね。

松本　吉本から「今、ボランティアできる芸人を探しています」と言われて。僕らも宮古島が終わって仕事がない状況だったから、「もちろんやりますよ」と答えたものの……、当時は一年くらい人前で漫才らしいことをしていなかった。もう、不安になってしまって。そして迎えた当日、舞台に出ていった僕らは、ネタをスポーンと忘れてしまいました。二人とも足は震えるし、唇は真紫（笑）。すると年配の人が、大

【よしもとあおぞら花月】
二〇一一年三月一一日の東日本大震災後、多くの吉本芸人が『よしもとあおぞら花月』の名のもと、野外の特設会場で漫才やネタを披露した。

きな声で「頑張れ」と言ってくださって。

西川 僕らが励ましに来たのに、逆に励まされたよな。

松本 その一人の声をきっかけに、みんなも「頑張れ、頑張れ」みたいな空気になって、僕たちも落ち着いて漫才ができました。そりゃお客さんも言いますわ。励まそうと笑かしに来た芸人がガチガチで、「みなさん、頑張ってください」と言いながら、ガクガク震えているんやから（笑）。

西川 ところが「頑張れ」の一声で変わった空気感に、「失敗しても大丈夫だよ」と背中を押されている気がした。なんか、みなさんにかわいがっていただけるな、という感触があった。

松本 そういうこともあったおかげか、「介護の勉強をしてみよう」と話した時に、西川くんも割とすんなり聞き入れてくれた記憶がある。じゃあまずは介護の勉強をしてみて、そこから何ができるか考えようか、くらいの感じだったけど。

西川 資格を取ろうかと、相談したよな。「放送大学に行ってみる？」とか（笑）。ただ不安なのは、金銭問題。資格を取るのにどれだけお金がかかるのか、まったくわからなかった。

松本 一発屋って、時間には余裕があるけど……。

【放送大学】
基本的にBSテレビ・ラジオ・インターネットで学ぶ「放送授業」。

西川　お金に余裕はないから（笑）。

松本　みんな、すぐ手に職付けようとするしね（笑）。そうやって周りの芸人さんがいろいろな資格を取っていく中で、僕らは何をしようかと考えていたタイミングとうまく重なって、「じゃあ、コンビで介護の資格を取ってみようか」と。

西川　「河本さんが〝コンビでやった方がええんちゃうか？〟と言ってくれている」と、松本くんが教えてくれたのもあったしね。

松本　そして僕らは、二〇一四年くらいから動き出したのです。

西川　介護の勉強を始めようと思った僕らだけど、とっかかりが難しいなぁという気持ちだったな。「そうは言うけど、どうやって取るの？」「取り方も知らんし、何があるかも分からへんし」と。しかも資格を取ってもちゃんと仕事にできるのか、お笑いと両立するのかという不安もあって……。

【みんな、すぐ手に職付けようとするしね】響・長友光弘のラーメン屋、コウメ太夫のアパート経営など、いわゆる〝一発屋〟で副業を営む芸人は多い。

松本　うん、西川くんは「仕事にはつながらないんちゃう?」と言っていたね。

西川　僕は河本さんが勧めてくれるのはわかるけど……、果たしてそれは、どういう形が正しいのかな、という気持ちになっていた。

松本　僕のなかでも実際、最初は仕事につながると思ってなかった。どうせ暇なんやし、他の芸人さんはやっていないことだから、まずは勉強して知識を入れたいなという思いだけ。そんな時に、偶然の出会いがあった。ある日の営業先が、元気庵さんという介護事業をやっているところで。

西川　確か先輩の誕生日会で元気庵さんの関係者と知り合って、「レギュラー、営業に来てくれないかな」と言われたのがきっかけだったと思う。「レギュラーを見たいと言っている人がいるんやけど」と言われて、そのつながりで入った仕事が、元気庵さんのパーティーの営業。

松本　会場には当然のことながら介護士さんがたくさん来ていて。ネタを終えたあとに、僕らを呼んでくれた株式会社元気グループホールディングス代表取締役会長の増子さんという人に「資格って、どうやったら取れるんですか」と聞いたんだよね。この増子さんがとてもいい人で、「今度、ご説明しますよ」と言ってくださった。

西川　結局、松本くんが別日で会って教えてもらったんやんな。

【元気庵】
元気グループホールディングス（千葉県）が運営する介護サービス。レギュラーの二人は、こちらの講習所で「介護職員初任者研修」の資格を取得した。

介護の学校を修了

松本 そこで「こういう資格がありますが、勉強してみますか?」と言われて、これはもうやるしかないと。ただ増子さん曰く、「二ヵ月間は毎日通わなきゃダメですよ。しかもスクールの期間は夏休みです。そのスケジュール、取れますか?」という話だったから、「夏祭りとかで営業の仕事が入っていそうやな、意外と忙しい時期かも……」と恐る恐るマネージャーに確認した。ところが、「全然問題ないです」と。夏休みなのに、僕らのスケジュール、まるまる空いていたという(笑)。それで元気庵さんがやっているスクールに、参加することにした。

西川 今でも初日を覚えているわ~。場所が勝田台という、東京からはちょっと遠いところで。僕は前日、サッカーのワールドカップに関係した仕事を深夜の二時くらいまでやっていたのに、翌朝八時には勝田台に行かなきゃいけない。なんちゅうスケジュールやねん、と(笑)。介護の学校なので、遅刻もできない。休むこともできない。

松本 遅刻、欠席は三回で退学だった。また、遅刻した分はレポート提出しなければならなかった。それが大変だった。

西川 ほぼ徹夜で行った記憶があるわ。それからも、毎朝七時には起きて通ってた。ただ授業は昼の一時くらいまでのことも多くて。おかげで午後からはルミネtheよしもとに出演できたりしてた。

【ルミネtheよしもと】
東京都新宿区の新宿駅

松本　授業を受けるというのも、本当に久しぶりだったし。

西川　それこそＮＳＣ以来や。

松本　ＮＳＣは座学がほぼなかったからなぁ。初日で授業を受けてみた感想は、「これは勉強せなあかん！」。“ザ・勉強”という感じで、ふざけて受けられるような雰囲気じゃなかった。ホンマ、学生に戻った気分だったな。

西川　その分、新鮮ではあったけど。久々というか、懐かしいな、みたいな。授業を受けることって、芸人になってからはなかったし。

松本　一時間、先生の話を聞いて、ノートにメモって。

西川　教科書にラインを引っ張って、授業が終わる一〇分休憩でちょっとボーッとして。待ってると、次の先生が現れて。

松本　初期に、介護に対する心構えとかを教えてもらった気がする。それを聞いて、「えっ、そうなんや！」と思うことがたくさんあった。例えば「介護は自立支援であって、全てにおいて手を差し伸べてあげることが介護ではない」とか。

駅ビル『ＬＵＭＩＮＥ２』七階にある、吉本興業が運営するお笑い専門劇場。二〇〇一年四月運営開始。

【ＮＳＣ】
吉本総合芸術学院。吉本興業が主に新人タレントを育成する目的で一九八二年に大阪（東京校は一九九五年）に創立した養成所。通称『ＮＳＣ』はNew Star Creationの略。レギュラーはＮＳＣで出会い、コンビを結成した。当時の松本くんは痩せていて「袴田吉彦さんに似ていると言われていました」（松本）。

西川 基本的な老老介護について、とかもあったね。

松本 僕らが通っていたスクールの生徒さんは、ほとんどが四〇代か五〇代。先生が「この教室を見てもらってわかる通り、介護資格を取ろうとする若い人が、とても少ないんですよ。これが老老介護のはじまりです」と教えてくれて。確かに若い人もいることはいるけど、ちらほらという感じ。そのわずかな人も「介護士の親を見て、私も目指そうと思いました」という感じで、周りにいる人に影響されていた。いきなり「介護士になることを夢見ていました」という人は、ほぼいなくて。もしかしたらたまたま、そういう人が集まっただけなのかもしれないけれど。

西川 僕らが通ったスクールの日程は、七月の真ん中あたりからお盆の直前までが前期で、お盆が終わると後期が始まる。結構、びっちり通ったよな。前期はほとんど座学で、めっちゃきちんと勉強した気分。

松本 たまに実施みたいなことで、車いすを使ったりもしたね。施設に行っての本格的な訓練ではなく、教室や廊下で車いすを使ってみたり、目隠しをして歩いてみたり。外へ出て、車いすを押した時に感じる道路のでこぼこさとかを実感してみよう、とかもあった。ま〜、大変だった。

西川 僕、二回ぐらい遅刻したわ。

【老老介護】
高齢者が高齢者の介護をすること。高齢化と核家族化が進み、近年社会問題になっている。

松本　西川くんはホンマ、ギリギリやった。あと一回遅刻したら、資格を取れなくなるところだったもんな。

西川　目が覚めたら八時で、「これはもう無理や、間に合わん」と。諦めてとりあえず電話で連絡して、そこから急いで向かった。二回目の寝坊のあとに、目覚まし時計を買った記憶がある。携帯のアラームだけじゃ起きられない、また遅刻してしまうと思って。

松本　僕も一回だけ、遅刻した。

あと、遠いから交通費が高い！

西川　定期を買って、通ったもんな。

松本　交通費は後日、吉本が出してくれると言ってくれて。

西川　マネージャーが「これは仕事にまつわることですから、ちゃんと領収書を取っておいてくださいね」と言ってくれた。

松本　なんなら、「本当は会社がスクールとかを調べなきゃいけないのに、レギュラーさん自身で動いていただいてありがとうございます」と、お礼まで言ってくれた。

西川　「だからなんとしてでも、これは経費で落とします」と宣言してくれて、頼もしいマネージャーだと思ったよな。

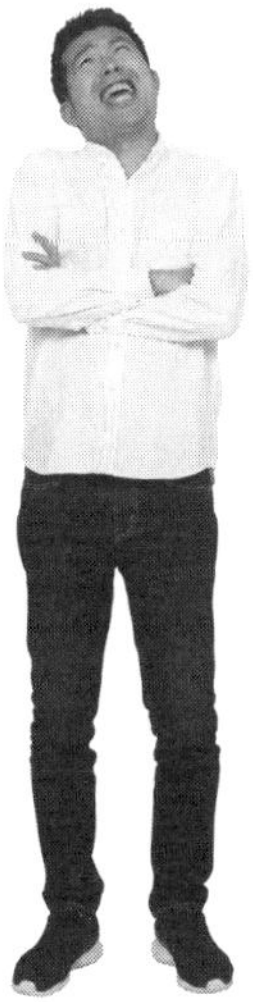

松本　ホンマ、ありがたいよね。それで領収書を毎回、渡して。ちなみに……この経費が、いまだに返ってきてないです。

西川　もうかれこれ四年経つなぁ（笑）。

松本　僕の予想ではもうそろそろ返ってくるとは思うんやけど（笑）。でも通うのは、なんか楽しかったよな。

西川　うん、楽しかった。

松本　学びだしたら知識もついてくるし、「ああ、そうなんや」という発見があるので、難しくは感じなかった。しんどいのは早起きと、長距離の通学だけ。

西川　その朝早いというのがね……。自分らが行くと決めた以上、通わなきゃいけないのはわかっているけれど、極端な話、僕が芸人になった理由の一つは「朝早く起きたくない」「勉強をしたくない」だったから。それがまさか芸歴一五年にして学生に舞い戻るんだという、自分のなかでの葛藤はあったな。そういうことをしたくないために、僕は芸人になったのにと（笑）。

松本　お盆休みを超えると、後期が始まった。後期のほうがまだ楽というか、楽しみが増えた。実践があるから、動けるので。

西川　介助の仕方や動きを学んだ。お互いの歯を磨きあうとか、食べさせあうとか、やっ

【僕が芸人になった理由の一つ】
その他、「自分のリズムで生活したい」（西川）。

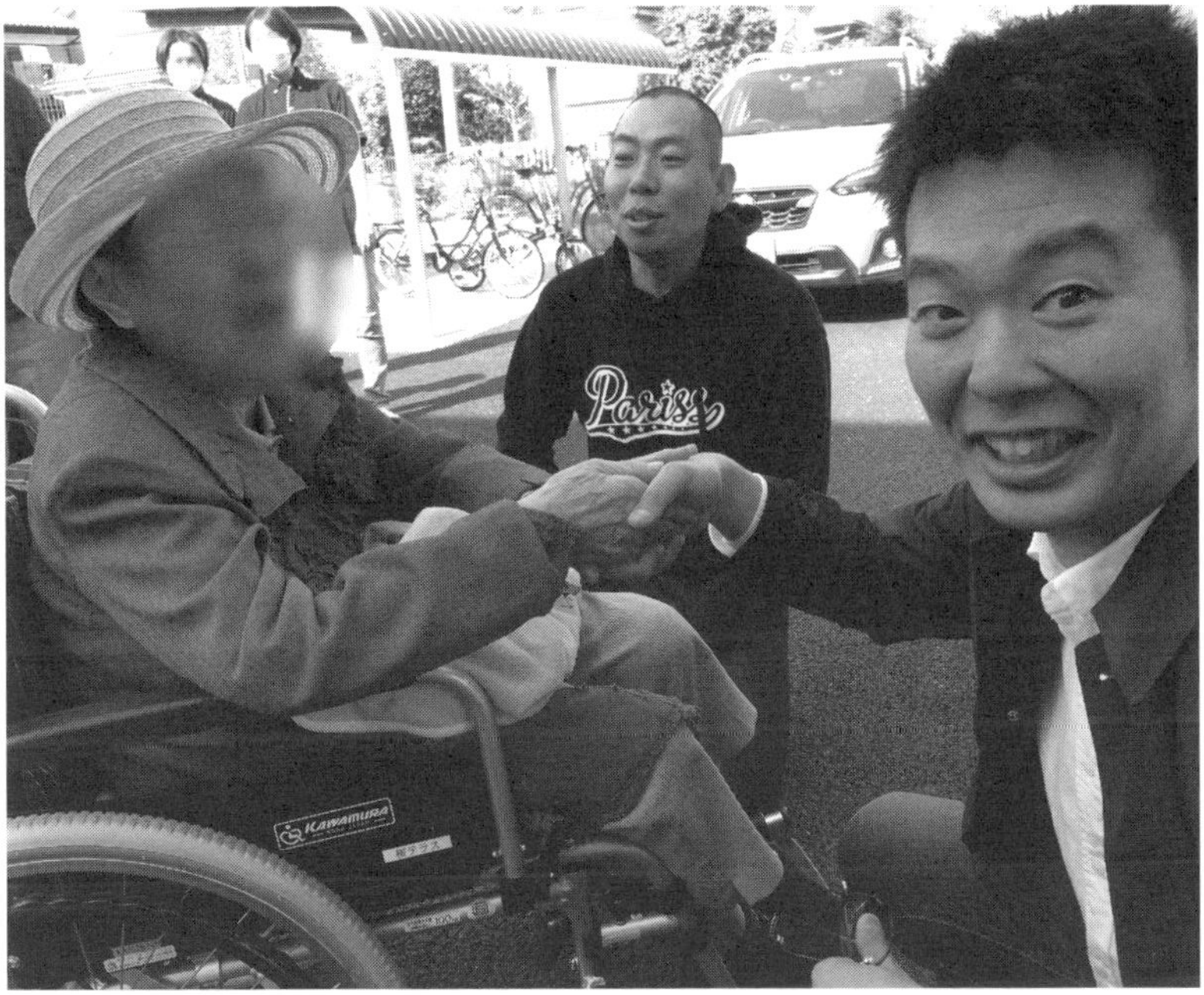

さいたま桜テラス

たよな。

松本 学習方法が遊びながらに近い感覚で、ゲーム性があった。教室にいろんな障害物を置いて、一人は目隠しをして、もう一人は付き添ってあげて、目の見えない人への対応の仕方を学んだり。

西川 片まひの状態を自分たちで体験するために、片方の手を使わずに生活をしてみましょうとか。

松本 そこにみんなが、ちょっと遊び心を加えてみたりする、そんな感じだった。

西川 うん、楽しみながらやっていたよ。

松本 介護される役の人が「やりたくな～い」とわざと嫌がってみたり、介助する人が「ももクロが好きな○○さん、ももクロのメンバーが見ているよ。じゃあやってみようか」と促したり。僕らだけじゃなくて、みんな「どうやったら、相手は自立するための行動をやってくれるだろう」と、ちょっとボケをいれながらも考えていた。

西川 ほかにも実体験を聞いたり、ビデオを見たり、認知症の細かい症状を聞いたりしたし。授業で樋口了一さんの『手紙～親愛なる子どもたちへ』という曲を聴かせてもらったけど、あれは胸に響いたなぁ。

松本 作詞者は不詳で、認知症になって老いていく人の歌詞。ネットでも話題になったら

【ももクロ】
『ももいろクローバーZ』の略称。百田夏菜子・玉井詩織・佐々木彩夏・高城れにの四人グループ。二〇〇八年より活動開始。代表曲に『行くぜっ!怪盗少女』など。

【樋口了一】
『水曜どうでしょう』の

しい。内容は、「あなたの人生の始まりに　私が付き添ったように　私の人生の終わりに　少しだけ付き添ってほしい」ということなんだけど。つまり年老いた親が「私はあなたが生まれた時に、あなたのことをお世話することがうれしくて、やっていました。でも私はもうすぐきっと、あなたの顔もわからないような子どもになってしまうんです。自分でトイレも行けないような子どもになってしまうんです。その時はお願い、私を子どもと思ってね」みたいなことで。

西川　そうそう、すごい歌詞やと思ったわ。

松本　樋口了一さんが、その人の文章にメロディを乗せて、歌にしたのが『手紙～親愛なる子どもたちへ』。樋口さん自身も、身体が不自由になってしまうパーキンソン病を患っていて。

西川　先生が授業で、そのあたりのエピソードも加えて紹介してくれたことが、とにかく印象的。そうか、そういう捉え方があるんだ、と。なんか、すごく納得しました。

松本　認知症の人には、子どもを愛する気持ちと、その気持ちが気づかないうちに薄れていくという不安があって、その心境を書いた歌詞ですという伝え方だった。うん、僕も胸にグッときたな……。僕の学校での一番の思い出は、介護の先生が現状を意外とポップに語ってくれて、びっくりした記憶がある。失敗談とか、結構教えてく

テーマ曲『1／6の夢旅人2002』が代表曲。二〇〇九年よりパーキンソン病を患い、同年『手紙～親愛なる子供たちへ』をリリース。

れた。

西川 うん、言うてたな。

松本 先生方が、結構笑いを取ってた。もちろん現場では大変なことや苦労はたくさんあるのだろうけど、笑いを交えて話してもらうと、すごく頭に入ってきやすいなと思った。そうやっていろいろと学んでみた結果、介護士さんの大変さはやっぱり感じたなぁ。あと、現場に若い人がいないことを本当に痛感したというか。

西川 ただ「自立支援」という言葉を聞いて、前向きな印象は受けたね。

松本 確かに「終の棲家」じゃない、というか……。

西川 そうそう、最後の場所じゃないな、と。ここでもう一回、人間らしい生活を取り戻せるんだ、ダメにならないように支えよう、少しでも上向きにしようと考えていることがわかったので。

松本 あとは介護の対象者が認知症だけじゃなく、けがを治すリハビリのために来ている人とか、いろんな人がいて。デイサービスとかいろんな施設もあるという話も、改めてなるほどと思った。いろんなことを学べたな〜。僕はもう、老人ホームと言ったら、体が不自由になったか、認知症になってしまった人が入る場所だと思っていたので。

【終の棲家】
最期を迎える時まで生活する住居のこと。

【いろんな施設】
介護付有料老人ホーム、特別養護老人ホームなどのいわゆる老人ホームに加え、介護老そうじゃないとわかったことは大きい。

西川　明るいイメージが持てたよな。

松本　結果的に二ヵ月、ちゃんと通えて。授業を受けたことで、社会に対してなんとなく敏感になった。テレビで認知症の特集をやっているとチェックするようになったし、夕方や夜に道を歩いていて、おじいちゃんやおばあちゃんが道路脇で座ったりしていたら、「あれ、認知症の人かな？　家がわからなくなっちゃったのかな」と気になるようになったわ。

西川　僕は新聞の社説を読むようにしているんだけど、介護保険料とか、介護士さんのお給料が安いみたいな話が、たまに扱われるんだ。若い担い手が少ないという話を授業で聞いていたので、なおさら関心が大きくなった。それと普段使っている言葉が、介護用語になると表現が違って面白かったり。むくみのことを「浮腫《ふしゅ》」と言うんだ、普段からちょっと使ってみようかなとか。

松本　いろんな発見があったね。

西川　介護のことだけじゃなくて、身体の仕組みを一から詳しく知れたのも、面白かった。

人保健施設や介護医療院（介護療養型医療施設）、サービス付き高齢者向け住宅、シニア向け分譲マンション、軽費老人ホーム／ケアハウス、認知症ケアが対応可能な施設なども含まれる。

血圧のこととか、あんなに詳しく知る機会、普通はないもんなぁ。自分以外の人の歯を磨くやり方も、初めて知ったし。歯の磨き方は、自分にも活用できるしね。今でもたまに、教科書を見ながら正しい歯の磨き方をチェックしてる。歯茎を磨く時のやり方や、歯に当てる歯ブラシの角度とかを確認してます。

介護の学校に行ってみた❷

松本 スクールに通っている後半くらいから、介護施設のイベントに呼ばれるようになったんだっけ。

西川 通っている間に、老人ホームに一〜二回行ったかな。たまたま営業に行ったら、それが老人ホームだったんだけど。車いすの方が普通に来ていて、駐車場でお祭りが開かれていた。

松本 あと、介護のイベントにも出演したね。

西川 そうそう、あったな。

松本　吉本が「レギュラーは介護を勉強しているから」と、僕らに介護イベントの仕事を入れてくれたんだと思う。実際に出演してみたところ、話がなんとなくわかるからやりやすかった。

西川　大学の教授が二〜三人いて、話を聴きに来ているのは高校生や看護学校生とか。「ぜひ、介護士になってください」的な趣旨のイベントで、介護に興味を持っている人たち向けの講義みたいな感じだった。

松本　僕らの役割は、最初はにぎやかし。講演と講演の間をつなぐためにネタをやったら、若い人がむっちゃ笑って盛り上がってくれて。教授や施設の人も喜んでくれて、僕ら自身も楽しくやれ

認知症サポーターキャラバンの講習会にて。

【にぎやかし】　場を盛り上げる役。芸人が任されることが多く、レギュラーはこの役にとても向いている。

たな。

西川 にぎやかし兼MCだったので、教授と僕らが話をして、若い人に少しでも伝わるようにと笑いを交えて。

松本 言わばクッション役で「僕らは今、こんな勉強しているんですよ」と説明すると、聞いてくれている人が「へぇ〜」と感心してくれたりも。そこからなんとなく、西川くんと「介護関係とお笑いをコラボできるんじゃないかな？　じゃあ、それに向けたネタも作ってみようか」という話になったんだっけ。スクールで勉強した日々も、笑いになるんだと実感できた。例えば、実施での話とか。練習を二人一組でよくやるんだけど、僕らはコンビだけに、よく組むことになる。それがなんか、気まずいというか……。

西川 あれは、なんか嫌やった！

松本 「お互いの歯を磨いてあげてください」と先生に言われて、隣の席には西川くんがいるし、そこをあえて他の人と組むのも変やし、じゃあ西川くん、組もうかと。相方の歯を磨くキツさは、ハンパじゃなかった！　周りの目もあるし、西川くんの口臭いし、ただ黙ってやるのもなんか気恥ずかしいから笑いも取らなきゃいけないし、内心はめっちゃ恥ずかしい。ちょっと複雑な気分だった。そして最後は試験があったんだけど、ラストスパートは西川くんと一緒に必死になって勉強したな。

西川　仕事の合間や移動中に、テキストを持参しては勉強してた。ネタを打ち合わせしたあとに、お互いに問題を出し合って確認したりして。

松本　覚えなきゃいけない専門用語が多くて、テストは結構難しそうな予感がしていた。僕は受かる自信がなかったな〜。何しろ船舶免許を取った時も一回落ちてるし……。

西川　あっ、実施でズルしたヤツや！　船舶免許取得の際に、先生がメーターの名前を言ったら、その実物を指さなきゃいけないというテストがあって。

松本　本来なら指をさして「これが〇〇メーターです」としっかり言わなきゃいけないのだけど。

西川　船にはいくつかメーターがあって、「〇〇メーターはどれですか?」と先生に聞かれて、松本くんは……。

松本　遠いところから指して、「これです」って。先生が「これのことですね?」と正しいのを指してくれたから、目を見ながら「はいっ！」と。

西川　僕は隣で「コイツ、ズルっ！」と思った。「まあ、ギリギリやで」と温情で受から

【船舶免許】『紳助社長のプロデュース大作戦』の企画で、レギュラーの二人は小型船舶二級免許を取得している。

せてもらったようなものですよ、あれは（笑）。

松本 船舶免許の試験がそんな感じだっただけに、介護職員初任者研修のテストもむちゃくちゃ不安で。僕は頭のいいほうではないから……。でもうれしいことに、結果は一発合格だった。

西川 二人とも、問題なく受かって。

松本 僕らは、ヘルパー二級に相当する資格を取ることができました～！

西川 最初にこの資格を取り、実務に就くことで、介護士の資格が取れるらしい。つまり僕らの資格は、介護を勉強する人の初級なんだけど。

松本 介護士の資格を取るには、まず介護職員初任者研修の資格を取って、そのあとに三年かな、実務経験が必要なのだとか。

西川 この資格がない人は、身内の介助はできるけど、職員として働くことは禁止されている。

松本 車いすの移動も、やったら怒られるはず。

西川 いやいや西川くん、さすがに善意やから、怒られはしないやろ（笑）。ただ例えば

松本 老人ホームで資格のない人が手伝いをして、万が一相手にケガをさせてしまった場

【僕は頭のいいほうではないから】
通知表は体育以外オール一。

合、施設の責任になってしまう。だけど資格があったら、その人が責任を取れるから、施設の人も「ぜひ手伝ってください」となる。だから僕らは、今は介護施設で働けます！

西川　資格が取れた時は、うれしさよりも解放感が勝っていたなぁ。

松本　僕は素直に、うれしかったかな。勉強した証になったし、それもちゃんと一発で合格できたから、「介護のことはわかっていますね」と言われた気がした。

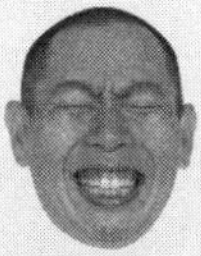

おばあちゃんが、認知症に？

松本　ここで、僕が介護に興味を持つきっかけになった、おばあちゃんの話。三重県に住んでいた母方の祖母なんだけど、少しボケが入ってきた。最初は軽い感じで、その頃は何回も会ったりしていたんだ。当時はおとんとおかんが京都に住んでいて、僕は東京在住。ちょうど「あるある探検隊」でブレークしている真っ最中だったな。

西川　二〇〇五～二〇〇六年くらいだね。

松本 実家に帰ると、おかんから「おばあちゃんがボケたよ」みたいな話は聞いていた。でも僕がおばあちゃんの家へ遊びに行くと、そんなにボケている様子はなくて、割と普通だった。多分、ライトな認知症だったのだと思う。ご飯はもりもり食べていたし、梅干しも漬けていたし。ちなみにその時の梅干し、まだ残っている。

西川 すごいな、何年ものや！（笑）

松本 そんな感じだったから、僕としては「そこまで大変じゃないのかな」くらいに捉えていて。ちょうど重なるように、おとんが胃がんになった。「それならば」と両親が、おばあちゃんの住む三重に引っ越した。それでおかんが、おとんとおばあちゃんの世話をすることになってね。

西川 松本くんのお母さん、大変やなぁ。

松本 先におとんが亡くなって。お葬式に出たら、おばあちゃんはおとんが死んだと理解できてない感じだった。おとんはショウジというんだけど、「ショウジ、どこや、ショウジどこ？」と探し回って。おかんが、「ショウジさん、亡くなったから。ここに置いてあるよ」と位牌を指すと、そのたびに毎回「えっ？」と言うの。それが、最初は悲しかった。「えっ、ショウジは死んだんか？」と一旦受け入れて、「これ、なんや？」と位牌を指して聞く。「この名前な、お坊さんが戒名を考えてくれたんや」

【何年ものや！】
塩だけで漬けた手作りの梅干しは昔ながらの保存食で、賞味期限がないと言われている。市販のものや、添加物を入れた梅干しには賞味期限があるので、ご注意を。

とおかんが説明すると。「戒名ってなんや?」って。「戒名というのは、死んだ人が天国に行く時の名前ですよ」「そうなんや」とおばあちゃんは納得して。それでまた時間が経つと、位牌を指して「これ、なんや?」って。おとんに〝ショウジ〟以外の名前があることが、どうやら理解できないみたいで。あまりにも何度も「これ、なんや?」と聞くものだから、僕は思わず吹きだしてしまった。なんか、おばあちゃんが聞くタイミングがよくてね。ある程度スパンが空くと、「ショウジ、どこや?」「亡くなったんですよ」「これ、なんや?」の繰り返しで。あまりに何度も繰り

モーニングデイあさがお

返すもんやから、だんだんお笑いの天井（同じボケを何度も繰り返すこと）のような感じがして。まるで吉本新喜劇の間寛平さん！（笑）僕と母の間では、「あれ、おもろかったなぁ」と今でも笑えるエピソードとして残っている。

西川 お葬式って、「笑ったらアカン」と思うと、なおさら面白く感じるもんな。

松本 そうそう。

うちのおかんは小学校の先生で、障害者学級を教えていた人。でも、おとんが病気になる前に辞めていて。おとんはもともと、一週間に一度は三重に通い、おばあちゃん家の田んぼで米を作っていた。普段は京都で仕事して、週末の休みの日は三重を訪れて田んぼを耕す、みたいな日々を送っていて。そのおかげか、おばあちゃんとおとんは本物の親子みたいな関係だったな。

西川 それは、みんなで三重に移り住むのもわかるなぁ。お母さんが障害者学級の先生ということは、松本くんも障害者学級の生徒さんと会う機会はあったの？

松本 僕がちっちゃい頃から、夏休みになるとおかんのクラスの生徒さんが家に泊まりに来たりしていたので、抵抗はなかったな。静かな子もいれば、暴れる子もいるしで、

【吉本新喜劇】 吉本興業所属の芸人による喜劇舞台、及びその劇団の名称。なんばグランド花月（NGK）にて本公演が行われ、関西地方では毎週土曜日に『よしもと新喜劇』として放送される。

【間寛平さん】 吉本新喜劇のスターとして一世を風靡。代表的なギャグに「ア〜メマ〜！」「かい〜の」などがある。

いろんな子がいるんだなぁと。それって、普通の子どもさんと同じだしね。

西川　お父さんが亡くなって、おばあちゃんの認知症は進行したん？

松本　僕は結局、そんなにしょっちゅう三重に行けたわけじゃないから、見ていた分にはわからない。行ってもせいぜい一日泊まって、東京に戻っていたから。おばあちゃんとは普通にしゃべれるし、僕のことをちゃんと名前で呼ぶから、がっつり「ボケてるな〜」という現場には立ち会っていない。だから当時はそれほど「介護の勉強をしよう！」とは思わなかったんやと思う。ただおかんから話を聞いていくうちに、興味を持ったんじゃないかな。

西川　松本くんのお母さんは介護で苦労していたん？

松本　うちのおかんは明るい人で、なんでも「はいはい」と受け流せる。おばあちゃんがなんか言っても、「はい、わかった、わかった」みたいに。口癖が「しゃあない、しゃあない」の人。僕は精神的に弱い部分があるから、小さな頃からよくおかんに相談していて。例えば「身体がしんどい、だるいわ」と言うと、「しゃあない、しゃあない。だって、だるいんだもの。だるいのが一生続くのもあなたの人生や」みたいなノリ。「でも治るに越したことはないから、これ以上ひどくならへんようにしたらええんちゃう？　とりあえず、悩む必要はないわ」という話の聞き方でね。一緒になって悩むというよりは、起こってしまったことは仕方がないから。そこで考えよう、と捉える人。おばあちゃんが少しボケたけど、こっちが何をしようが劇的に治るわけじゃない。だから「わからへんわ」とおばあちゃんが言えば、「そうやな、私もわからへんわ」と話を合わせる感じで接していたみたい。あるがままを受け入れる、というか。だから僕の前では、弱い一面を見せたことはないんや。

西川 いいお母さんやなぁ。

松本 そういえば一度、びっくりしたことがあった。僕がおばあちゃん家へ泊まりに行った時に、夜中の二時ごろかな、トイレに行ったら、電気が消えていてドアも閉まっている。「誰もいないな」とドアを開けると、パンツもズボンも脱いで便器に座っているおばあちゃんが、こっちを見ていた。

西川 夜中の二時に、真っ暗のトイレでおばあちゃんと目が合うのは怖いな。

松本 お互いに「ギャーッ!」と悲鳴を上げて。

西川 それは確かに、「ギャー」と叫ぶな。

松本 僕が翌朝「おばけが出た!」とお母さんに言ったら、「おばけちゃう、それはおばあちゃん。こういうの、よくあんねん」と(笑)。その二カ月後に亡くなって、ああ、おばあちゃんはあの時、おばけに一番近かったんやなと……。

西川　誰が生き霊や！（笑）　僕の家族の話で言うと、うちの母、病気になってね。今から治療すればギリギリ間に合うかも、くらいのレベルなんだ。最初に気づいたのは、僕が家に帰った時、母のほっぺたがむちゃくちゃ腫れていた。それを見た僕は、アジアンの隅田さんが『たかじん胸いっぱい』（当時）に出演した時のことを思い出して。隅田さん、「歯を抜いたら顔が腫れました」と言いながら出てきたんやけど、オモロいぐらいポーンと腫れていて。「なんちゅう顔でたかじんさんの番組に出てるんや、この姉さん」と（笑）。

松本　確か、親知らずを抜いた時だったかな。

西川　そうそう。

松本　アジアンさんの漫才の中で、隅田さんの特徴である顔をいじるネタがある。それを上回るくらい頬に腫れ物ができていたので、普段は人をむっちゃイジるたかじんさんが、一切触れなかったという伝説が（笑）。

西川　あんな毒舌な人が、いじることをしなくなるほどすごい事態だったという（笑）。話を戻すと、うちの母もそれかなと思った。歯がもともと悪いから、「虫歯じゃないの？」と聞いてみたら、「病院に行ったら、歯からの腫れではなかった」と。もしかしたら重い病気じゃないかと、姉と話していて。

【たかじん胸いっぱい】
関西テレビにて、一九九四年一月より放送しているバラエティ。故やしきたかじんの冠番組であったが、同氏の死去により、二〇一五年四月から、『昼間っから激論バラエティ　胸いっぱいサミット！』と改題している。

松本 それまでずっと、腫れていても病院に行っていなかったんだ。

西川 そう、ほったらかしだった。「お父さんが病院に行けと言うけど、大丈夫よ。きっと歯の病気だから」とか言って、行こうとしなかったらしい。でも、とにかくみんなで行けと勧めて。最終的に根負けした母が病院で検査を受けたら、「相当深刻な状態」と言われた。姉も父も、言葉が出ない。でも、先生が「今から治療すれば治る可能性があります」と言ってくれたんで、じゃあお願いします、しかなかった。そこからなるべく様子を見に行こうとは思ってはいたけど、母は京都にいるから、なかなか行けなくて。

松本 大阪は割と行く機会があるけど、京都はそんなにないもんな。

西川 「仕事がある時は帰ってくるよ」と伝えたら、母も「それでいい」と言ってくれた。でも姉からは「少しは帰ってあげて」と催促されることも多かったから、ちょっと反発してね。母が「そんなに来なくてええよ」と言っているんやし、ええやん、みたいな。一方で父に「病状をちゃんと聞いておいてや」と頼んでいるのに、なかなか要領を得ない。父が「聞いてんねんけどな」と答えるものだから、それでお互い少しずつストレスがたまる、という状況になっ

ていたな。あの夏は、家族が暗かった……。でもこの間お見舞いに行ったら、腫れが引いていたよ。

松本 よかったな、西川くん！

西川 一応、退院もできる状態にはなってきている。もちろん完全に安心はできないけど、母は元気そう。「あ、治療がめっちゃ効いているんだ。今の時代ってすごいな」と感動したわ。

「介護レクリエーション」って？

松本 実際に介護の資格を取ったはいいけど、当初はどんなことをしようかと頭を悩ませていた。河本さんと一緒にボランティアへ行っていた時は、僕と河本さんで「あるある探検隊」をやっていたね。どちらかと言えばご年配の人よりも、後ろで見守っている若い人を笑わせようという気持ちで。

西川 どんなフレーズをやっていたの？

レスがたまる】 この状況が長引いたりすると、介護うつになるケースもある。

松本　「ひるんだ　ばばあを　張り倒す」で、河本さんに「おばあさんがたくさんいるところで、何を言うてんねん！」とツッコんでもらって笑いを取る、みたいな感じ。あとは「くしゃみと　同時に　おなら出る」みたいな「あるある」っぽいネタかな。

西川　反応は、どうだった？

松本　「あるある探検隊」を知ってくれている人は、手拍子をして笑ってくれた。そうするとご年配の方が周りにつられて、一緒に手拍子をしてくれて。それを見た河本さんが、「手拍子をすることで手を動かすし、笑ってもらえるしで、向いてるやん」とホメてくれたことを覚えてる。河本さんが鼻笛で演奏したら、曲に合わせて歌い出す人もいて。やっぱり音楽って、すごく記憶に焼きついているんだと思ったな。

西川　そういえば松本くん、資格を取ったことをインスタグラムにアップしてたよな。

松本　そう、「介護の資格を取りました」と。

西川　松本くんがやってるインスタグラムって、あれやろ!!　一発屋芸人仲間の近況報告だけをアップしてるやつやろ。

松本　それだけじゃないけど、介護のことをアップした途端、お笑い好きだけじゃない新しいフォロワーが増えたよ。「私も介護職員初任者研修を取りました」「自分も介護をやってます」「なぜ取ったんですか?」「介護士の者ですけど、うれしいです。もっ

【ひるんだ　ばばあを張り倒す】
レギュラーの〝ご長寿あるある探検隊〟は他に「隣の　じじいの犬逃がす」「じじいが五人で　盛り上がる」「近所の　ばばあに触られる」などがある。

と広めてもらえたらありがたいです」と、いろんな反響がうわっと来てね。すごく驚いたし、うれしかった。

西川　やっぱりたくさんの人が、関心を持っているんだと。

松本　「イベントをやって、介護のことを広めてください」というご意見もいただいた。でも僕はまだ経験がないし、ただ知識を学んだだけなので何もできないですと返事をしたら、「お笑いとコラボしてイベントをやったら、介護に興味を持つ人が増えるんじゃないですか？　若い人にウケそうですし」とアドバイスをいただいて。

西川　松本くんにその話を聞いて、僕は「なるほど」と思った。

松本　「うちの施設に来てください」「ネタをやってほしい」「年配の人とコミュニケーションを取って、話してほしい」と、要望はすごくたくさんいただいた。僕は「吉本という事務所に所属しているので、ご依頼は事務所までお願いします。僕らが勝手に行ったりはできないのです」とお返事してね。本当に需要は多いんだな、と実感しました。

西川　僕は僕で、資格を取ったことを吉本の社員さんや、周りの芸人さんに話したりしていた。仲良くさせていただいているフットボールアワーの後藤（輝基）さんとか、先輩方に「最近、何してんの？」と聞かれたら、「コンビで介護の資格を取ったん

【フットボールアワーの後藤輝基さん】
今や押しも押されぬ売れっ子MC。

です」と答えていた。「おまえらが〝お笑い介護〟をされる側やないか」とツッコまれたりしたね（笑）。とりあえず、まずは自分たちでできることから始めようと。すると吉本の社員さんから「この資格を取ると、どんなことができるんですか？」と聞かれて。

松本 じゃあもう一歩進んでみようと、インスタグラムで「あるある探検隊体操」をアップしてみた。するとまた、大きな反響があって。バラエティ番組でも「介護の仕事で〝あるある探検隊〟をやっています」と発言したら、そこでまた介護に関する取材が増えたり。一歩ずつ階段を上がっている手応えがあったなぁ。

西川 自分たちからアピールしなければ何も動かないんだと、よくわかった。

松本 地方で漫才の営業があって、そのエリア担当の社員さんに「最近、介護の資格を取ったんです」と伝えたら、「介護系の依頼、結構来ますよ。今まで〝吉本の芸人に、詳しい人があまりいないもので〟とお断りしていた仕事を、受けられるようになりますね。地域の人たちに聞いてみます」と言われて、うれしかった。あと「吉本の芸人には講演会をやっている人も多いです」と社員さんが教えてくれたので、その対策もしようと。認知症にはどういう対応をしたらいいかなど、自分たちの経験を交えながら、聞いてくれる人に楽しく伝えられるパッケージを作ったりしたね。

【エリア担当の社員さん】 吉本興業は各都道府県ごとにエリア社員がいて、「よしもと住みます芸人」のマネージメントや、地方の仕事を取り仕切っている。

イリーゼ船橋三咲

西川　でも最初のうちは、介護の話にお笑いの要素をどれだけ入れていいかわからなかった。

松本　社員さんから、「レギュラーさんは老人ホームなどでどういうことができますか？」と言われたんだっけ。それで僕らがたどり着いたのが、介護レクリエーション。これを勉強しようとなった。

西川　それも確か、インスタグラムがきっかけだったよな。

松本　そう。見た人から「レギュラーさん、介護に関わることをやっているそうですね。実はみんなの前でお笑いをやる〝介護レクリエーション〟というものがあるんです」と教えてもらって。「それは何ですか？」と聞いたら、「施設にマジシャンや折り紙の先生が来てくれるんです。各曜日で違う内容のレクリエーションタイムとして、楽しんでもらえるようにしています。介護者の人が一番楽しみにしている、一日の核となる時間です。レギュラーさんにとってもプラスになると思うので、ぜひ資格を取ってみてはどうですか？」とうちの事務所に連絡があった。

西川　ちょっと身構えたよな。

松本　うん、また勉強しなきゃアカンのかって。でもスキルが上がるし、介護に関して伝える仕事をやってみたくなっていたので、プラスになるからやろうか、と。これが

【見た人から】
「スマイルカンパニーさんから教えてもらいました。ありがとうございます！」（松本）

実際に学んでみたら、遊んでゲームをする授業ばっかりだった。

西川　そう、ワークショップっぽい。

松本　常に遊んで終わった感じ（笑）。
遊びながら学べて、
なおかつ自分たちの特技を活かせる。
詳しく知ったあとは「介護レクリエーションが一番、自分たちを活かせそうだな」と思ったね。この資格、二〇一四年にできたらしい。それまでレクリエーションは基本的にボランティアの人が主体でやっていたけど、なかなか続かなかったみたい。

西川　単純に介護職の人が少ないし、しかも働いている時は介護だけで手一杯だから、レクリエーションにはあまり時間が割けないんだとか。

松本　介護レクリエーションの仕事をわかりやすく言うと、幼稚園の先生みたいにみんなが参加できる演し物を人前でやる。何をやるかを考えなきゃいけないし、演し物によっては帰宅してから小道具を作らなきゃいけないしで、介護士さんのプライベートの時間がなくなってしまう。これが問題化して、専門の人を雇ったほうがいいとなったのだとか。雇うためには資格にすればいい、と。資格保持者は演し物の提案、予算の見積もりなどの企画書を作成して施設に提出する。それで条件が合えば、施設側が招くんだよね。

西川 芸人に向いている資格だし、芸人側にとってもすごく勉強になる。

松本 実際、介護レクリエーションの授業では、講師の人がＮＳＣの先生と似たようなことを言っている場面もあったもんな。つまりは「どうやって人を楽しませるか」が一番の芯。そのためには演し物で注目してもらいたいところを明確にし、どうやって参加してもらうかを考えることが大事なんだ。「前に出ている人だけがずっとしゃべっていると、聞いてくれる人が興味を無くすから、相手に考えさせるようにすることが大切」と教えてもらった。話し方も、例えば最初は小声で話して自分のネタに持っていくと、「何をしゃべっているの？」と興味を惹いていいのだとか。それって実は、落語家さんのやり方と同じ。いろいろな芸に通ずるし、人前で芸をやることの勉強になったなぁ。レクリエーション介護士と芸人の間にパイプを通して、システムさえ構築すれば、芸人は芸を鍛えられるし、施設やご年配の人も喜んでくれるしで、すごくいいと思う。

西川 そして我々がそのパイプをつないだ広告塔となれば、レギュラーの生きる道も作れる！（笑） しかも介護レクリエーションをする人って、芸人に限らないからね。マジシャンもいれば、バルーン・アーティストもいるし、大道芸人さんもいる。

松本　俳句をみんなで作ったり、折り紙を折るのもいい。相手の考える力を伸ばすし、手作業をすることで脳トレになると思うから。

西川　レクリエーション介護士は自分の特技を活かせて、それが仕事に繋がるね。

松本　そういえばスクールに、中国の女性が来ていたなぁ。「私、特技がないので、何をしたら喜んでもらえるかわからないです」とその女性が言ったら、先生が「そんなこと、しなくていいんですよ。中国人ということが、大きな武器になります。あなたがチャイナドレスを着て、普通にニーハオと挨拶をするだけで、相手は〝ニーハオ〟と返事をしますよね。簡単な中国語を教えるだけで、立派な介護レクリエーションになるんです。あなたにとっては当たり前のことでも、相手には特別なことですから」って。そういう見方もあるのかと、目からウロコだった！

西川　次の章では介護施設の現状や介護レクリエーションについて、もっと詳しく教えたいけど……、さすがに僕らだけじゃ、もう無理！

松本　西川くん、安心して！　そこは僕がちゃんと考えてるから！

【レクリエーション介護士は自分の特技を活かせて】
過去には自慢のレクリエーション介護を競うイベント『レク1グランプリ』が開催されたこともある。

第二章

認知症介護は「助ける」わけではない

藤井寿和先生に聞く

藤井寿和Profile
老い学ジャーナリスト研究会代表

陸上自衛隊衛生科で勤務の後、合同会社福祉クリエーションジャパンを設立。「老い学」をテーマに"つながり"をクリエイトし、真実を伝えるを理念に、生きる図書館プロジェクト『生きる塾』を企画・運営している。

認知症って、どうやって判断するの？

松本　西川くん、西川くん！　僕らだけじゃ不安になる読者さんもいるだろうから、藤井寿和先生に来てもらったよ！　先生は複数の介護施設に勤務しながら、レクリエーション介護士公認講師でもあるんだ！

西川　それは安心やなぁ。藤井先生、よろしくお願いします！

藤井　こちらこそ、よろしくお願いします。

松本　たくさんの人が心配しているのは、やっぱり「どういう症状が出たら認知症なの？」ということかもしれな

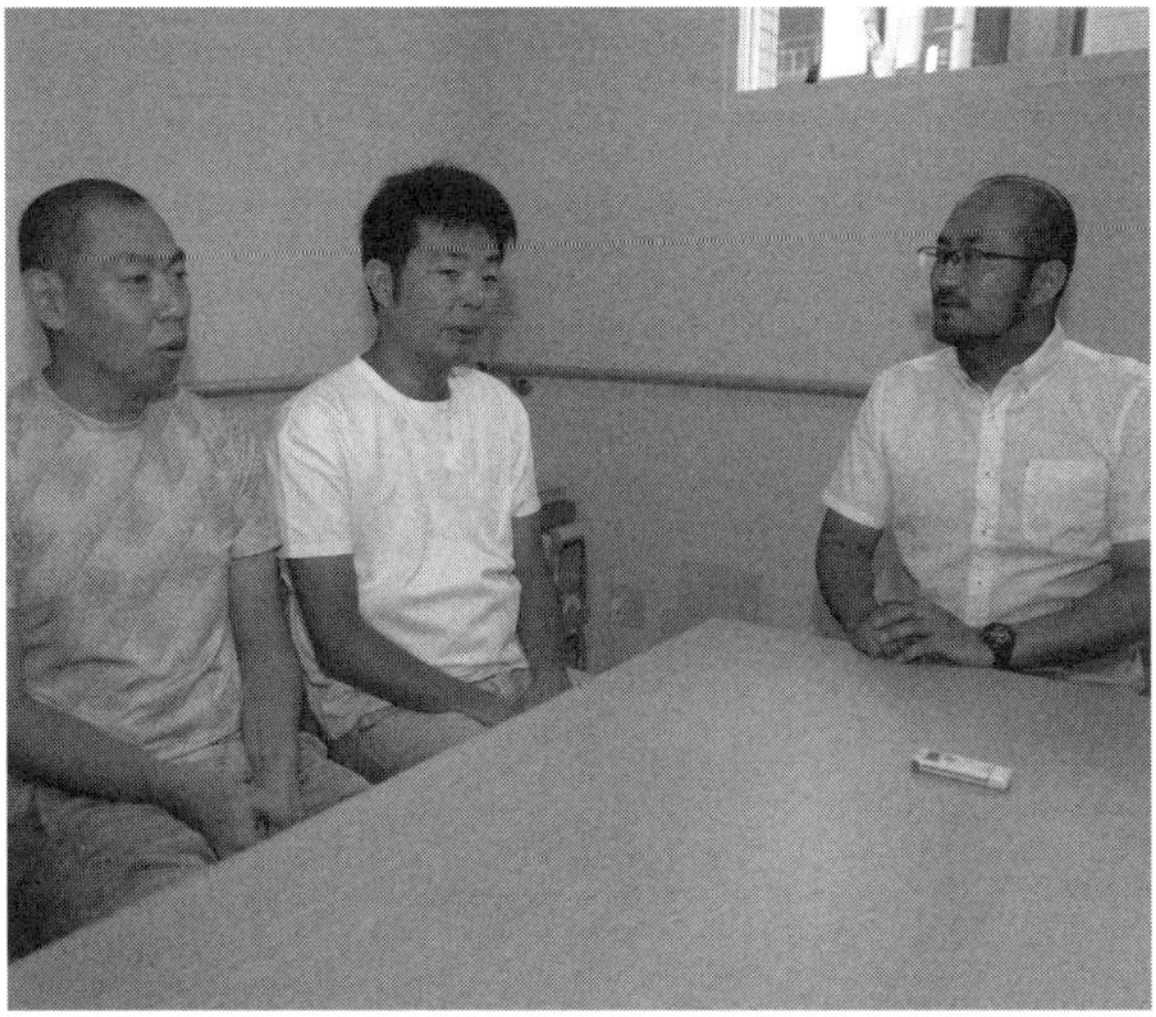

いよね。例えば僕の知り合いは、自分の母親は軽くボケが始まったんだろうな、程度で最初は捉えていたんやって。会話はできるんだけど、「なんか僕のこと、誰かと間違えているよな」と感じるところが多々あったらしい。

西川 ちょっと不安になってくるよな、それは。

松本 その人は地方から上京してきたので、お母さんとは離れているらしいんや。それで次に帰郷した時、意を決して「おかん、俺が誰かわかる?」と聞いたんだって。するとおかんは「うん、猫」と答えて……、「これはアカン」と思ったとか。

西川 その人はお笑い関係者だったから、笑い話にしていたけど、実際にそんなことになったらアタフタするよなぁ。

松本 そう、まずどうしたらいいのかわからなかった、と言ってた。先生、どうすればいいんでしょう?

藤井 「これは認知症だ」としっかり気づくまで、数年はかかるとよく言われるんですよ。だからポイントとしては、相手が出しているサインを察知しなきゃいけないんですよね。重要なのは、「なんか応対がおかしいな」と思ったら、メモを残しておくことです。発言、行動など、少しでも変だなと思ったら、日にちとともに記録しておきましょう。

西川　そうか、メモっておけば忘れませんもんね！

藤井　次の段階として、相談に行く場所がいくつかあります。例えば、本当に認知症だと思ったのならば、物忘れ外来という科があるんですよ。この外来なら行きやすいでしょうし、認知症か判断する診療項目も入っていたりするので。

西川　それは、地域の区役所に行けばあるんですか？　それとも病院ですか？

藤井　物忘れ外来は病院やクリニックなどにあります。逆に行政で行ってみるといいところと言えば、地域の包括支援センターですかね。そういったところが、第一の窓口になってくるかなと思います。

西川　なるほど。

松本　認知症の症状が出てなくても、早めに分かったら予防できるという話を聞いたことがあるんですけど。特に自分の親の場合、子どもとしてはできれば予防したいじゃないですか。事前に診断してもらうことって、できるんですか？

藤井　物忘れ外来や、認知症外来などで相談できます。松本くんの言う通り、「認知症になる前から予防していこう」という考え方です。高齢の人が集まる地域の場に参加

【物忘れ外来】
問診や検査などによる認知症の診断をおこなう専門外来で、病院などの医療機関に設置されている。

【地域包括支援センター】
介護保険法で定められた、地域住民の保健・福祉・医療の向上、虐待防止、介護予防マネジメントなどを総合的におこなう機関で、各区市町村に設置される。

するだけでも、予防になりますし。

西川 積極的に人と関わっていくことが、大事なんですか？

藤井 そうです。『認知症カフェ』や『オレンジサロン』と言われる、認知症の方のご家族や当事者が気軽に発散や相談ができる場所が各地に増えてきているので、そこに顔を出しておくと、ご本人だけじゃなくご家族の方にとってもメリットがあります。例えばそういうところには、認知症になっている方と、そのご家族がいます。

西川 つまり、経験者ですね。

藤井 そういった人たちとお茶を飲みながら、情報交換ができます。「うちはこんな症状が出てきてわかったよ」とか、「この状況で、あれっ？と思った」など、いろいろなパターンのお話が聞けるのです。ちょっと不安があるのであれば、一度訪れてみるのもいいかもしれません。

松本 もしくは、病院に行って診断してもらうのも一つの手ですね。

西川 自分たちでは、「こういう症状が出たら病院へ」という見極めはなかなか難しいですし。

藤井 そうなんです。だからこそ、まずは一人で抱え込まず、誰かに相談することが大事です。特にご家族でありがちなのが、「自分の親が、認知症になってしまったとは

【『オレンジサロン』】
なぜ〝オレンジ〟なのかというと、柿の色をイメージしているから。また、温かさを感じさせるこの色は、「手助けします」という意味を持っている。

認めたくない」という気持ちですね。

松本　それは、確かに。

藤井　そういった心情もあるので、外部に相談するのは早ければ早いほどいいのかなと、私は思います。いきなり病院やクリニックに行かなくても、地域包括支援センターに相談しておくだけでも充分です。そうしておくと、症状が現れた時にすぐ「じゃあ、〇〇へ行きましょうね」と適切な場所を教えてもらえますから。

西川　「備えあれば憂いなし」ですね！

老人ホーム、種類がいろいろあるよね

松本　介護施設って、いろいろありますよね。特別養護老人ホーム、有料老人ホーム、老人保健施設とか。最近増えているのは「デイサービス」ですけど、この違いがわからない人も多いと思います。

藤井　デイサービスをわかりやすく言うと、日帰りの介護施設です。

松本　デイ＝一日、ってことですね。

藤井　そうです。
さらに「半日型」と呼ばれる、
短い時間帯のサービスもあります。
施設に通ってもらうので、送り迎えのあることがデイサービスの大きな特徴ですね。

松本　老人ホームや特養（特別養護老人ホーム）とかは、そこに住んでいると。

藤井　はい、高齢者がそこに住んでいる施設は、いわゆる入居型です。

西川　そしてデイサービスは、日帰り。

藤井　そうです。なので、自宅へ高齢者の方を迎えに行って、夕方になったら送るイメージです。

西川　特養とデイサービス、やっていることはどんな風に違うんですか？

藤井　特養は住んでいるところなので、三六五日かつ二四時間、介護や介助などの支援をしています。デイサービスは、高齢者の方が施設に滞在している時間が一日のうち数時間だけです。施設によって三時間で終わる人もいれば、七時間の人もいます。そこを選択できるところも、デイサービスの特徴かもしれないですね。レギュラーさんに来ていただいたことのある、私が以前勤めていた『モーニングデイあさがお』

【デイサービス】デイサービスセンターや特別養護老人ホーム等の福祉施設に日帰りで通い、食事や入浴、レクリエーション、機能訓練等を受けられる介護サービス。「通所介護」。

【特別養護老人ホーム】介護保険法に基づいて介護保険が適用される介護サービスを手掛ける施設。これらの施設は老人福祉法第二条に基づく市町村による入所措置の対象施設となっており、その文脈では特別養護老人ホームと呼ばれる。基本的に、要介護三から五のいずれかの要介護認定を受けている人が対象。「介

（二〇一九年六月に閉鎖。現在は介護研修施設となっている）は、滞在時間が五～七時間というちょっと長めのデイサービスです。

松本　どの施設に入るかは、要介護度によって違いますよね。

藤井　要介護度と、あとはご自宅で住むことができる環境にあるかどうかが、大きな違いですね。

西川　ご家族の中に、面倒を見られる人がいるかどうか、とか。

藤井　家族がいるか、一人暮らしなのか。一人暮らしの場合、ヘルパーさんの手伝いがあれば何とかなるのか、それも無理なのか。

松本　家がバリアフリーになっているかと

かがわ介護フェア

護老人福祉施設」。略称「特養」。

いう問題もありますよね。

藤井　そうですね。

西川　松本くん、要介護度の説明をしたほうがいいんちゃう？

松本　そうやね、それは僕らでもできるから（笑）。
要介護度というのは、
介護の必要なレベル分けのこと。
最終的に判断するのは自分たちじゃなく、
市区町で認定してもらうんやけど。

西川　要介護度の手前に要支援というレベルがあって、これは二段階に分かれている。要介護度は一から五に分かれていて、全てを合わせると七段階になる。確か要介護度三以上が、特養に入れるんですよね？

藤井　そうですね、特養は基本的に、要介護度三以上になってしまった人のみです。

西川　重度の三以上じゃないと入れない。

松本　だから家族が施設に入れたくても、「まだ家庭で面倒を見られるでしょう？」と入居を断られるケースも多いと聞いたことがあるわ。

藤井　実際に特養の現状はほぼ満員状態で、今や順番待ちです。特養に入れない場合はデ

【要介護度】
要介護認定、要支援認定で判定される介護の必要性の程度。「要介護状態等区分」とも。

イサービスを受けたり、あとは「ショートステイ」といわれる短期でお泊りに行くサービスもあります。

西川　それと、有料老人ホームも特養と同じで、そこにずっと住むイメージです。ただ、金額差がある。やはり有料老人ホームのほうが、高額です。

藤井　有料老人ホームがありますよね。

西川　老健（老人保健施設）も一緒ですか？

藤井　老健は、どちらかというとリハビリがメインのお泊まりできる施設です。自宅に帰るための中間施設なんですよ。病院から退院しても、自宅ですぐ普段通りの生活ができるとは限りません。日常生活に戻るためのリハビリをするところですね。

松本　呼び方がめちゃくちゃ細かいですよね。僕なんか、それらを覚えるだけでもパニックになりそうや！

西川　松本くん、落ちついて！

松本　僕らは、住宅型の有料老人ホームにもレクリエーション介護で行かせてもらったことがあるんですが、確か入居費がそこそこお高かったんですよね。それもあって、高級な感じがしました。

藤井　高級感のあるところも、多いですよね。

松本　僕らが行ったのは
タワーマンションタイプで、
下のフロアが介護施設、
上層階は家族が住める普通のお部屋でした。

藤井　そういう複合型の併設施設が、近年で結構できていますね。東京都内でも、区が建てた建物に一階は老健、二階は特養、その上は一般家庭が住むマンションみたいな形とか。

松本　本来の家族心理でいうと、それが一番安心ですものね。

西川　おじいちゃんやおばあちゃんの様子を見に行くにも、近いから行きやすいし。

松本　マンションに住んでいて、「あれ、親の様子がちょっとおかしいかな」と思ったら老健や特養ですぐ見てもらえたら安心だし。ただ、一番の問題は金銭面やろうなぁ……。

藤井　そうですね、またそういうタイプの老人ホームも、サービスの形態によっては国や自治体の税金を投入しているところもあるので、順番待ちになっている施設もあるんです。

西川　高齢者の方自身、自分の状況を認めたくない人も多いじゃないですか。僕の知り合いが、自分の父親に「デイサービスに行ったら？」と勧めたら、「そんなもん、行くか」と断られて、困ってしまったらしいんですよ。

藤井　高齢者の方がデイサービスに通うきっかけは、家族やケアマネジャーに勧められて、という人が多いです。ただ確かに、受け入れない高齢者の方も、なかにはいます。

西川　うちの親も、病院側は「ヘルパーを頼んだほうがいい」と勧めてくるんですけど、母が人を家に入れたがらないからと、父が断っちゃうんです。僕や姉はやっぱり二人だけだと怖いから、「週に一回くらいは来てもらってもええやん」と持ちかけるんですけど。

藤井　日本の問題として、「介護サービスを使うなんてみっともない」的な風習のある地域や、「使っていることを他人に知られたくない」という考え方を持つ人がいます。そういう意味でも、この本をたくさんの人に読んでもらって、「介護はもう当たり前の問題だよね、だからこそみんなで考えよう」という風潮になるといいな、と思います。

松本　どうやったら、すんなりとデイサービスに通ってもらえますかね？

藤井　まずは、目的をしっかりと持ってもらうこと。実は、「家族に介助をしてもらってお風呂に入るのは大変だから、デイサービスで入浴してきたいけれど、施設に一日

【ケアマネージャー】　介護保険制度において、ケアマネジメントを実施する有資格者のこと。要支援・要介護認定者およびその家族からの相談を受け、介護サービスの給付計画を作成し、自治体や他の介護サービス事業者との連絡、調整等をおこなう。名称は介護保険法に基づく介護支援専門員。略称ケアマネ。

居続けるのはイヤだ」という人、多かったんですよ、ご家族側からしても、男性の高齢者の場合だと女性がお風呂に入れるのは大変なので、外で入って来てもらったほうがありがたい。それなのに昔の介護施設は、入浴だけで帰るわけにはいかず、七時間はいなきゃいけなかったんです。

西川　周りと交流するのが苦手な人だと、それはしんどいでしょうね。

藤井　特に男性は、高齢になると輪に入ってしゃべることが苦手になっていくと言われているので、他人とは関わりたくないという人も多いんですよ。だから「もう行かない」と足が遠のいてしまうんです。でも最近は短時間のサービスが増えて、三時間でお風呂に入りに行くデイサービスもあります。自分に合ったスタイルを、見つけてほしいですね。

松本　当人もご家族も、「これなら行けるかもしれないと思えるサービスを探そうかな」レベルの気持ちで、話を聞いてみるのもいいのかも。

藤井　まずは当人の目的を、しっかりと設定してあげられると一番いいのかもしれません。「運動はしたいけど、みんなと一緒にレクリエーションゲームはしたくない」というおじいちゃんがいたら、運動だけのデイサービスに行けばいいんです。逆に「運動は嫌だけど、ゲームだけはしたい」という人もいますしね。最近で言えば、調理

【お風呂だけ入りに行くデイサービス】
最近は、目的を明確にしており、例えば、機能別訓練を目的としたデイサービスも多い。

をしてもらうために出てきてもらうデイサービスもあるんですよ。なによりも、当人の想いやこれまでの人生が活かせるサービスに出会えるといいですよね。

西川　だいぶ細分化されているんですね、今は。

便利な地域包括支援センター

松本　実は無料で受けられる介護関係のサービスもあることって、知られているのかな。

西川　例えば車いすを借りられるコンビニがあったりするんだよね。

松本　僕がおかんから聞いたのは、「昔は車いすなんてパッと気軽に、それも長いこと借りられたけど、最近は厳しくなった」って。

藤井　車いすを介護保険で使える人は、限定されるようになりましたね。

松本　介護用ベッドも貸してくれたけど、今はダメになったと言っていました。

藤井　そうですね……、やはり要介護者が増えましたから、その辺りの基準は厳しくなっていると思います。ただ、逆にご家族へのサービスは昔より手厚くなっているんですよ。例えば支援している家族への慰労という形で、旅行券が年間で数万円分もらえるサービスとか。

西川 それ、いいな〜。

藤井 頑張っている家族をねぎらおうという意図なのでしょうね。他にも敬老の日に、七五歳以上の後期高齢者プラス付き添い一人が新橋演舞場に招待してもらえるサービスもあります。このようなサービスは自治体によって違うので、お住まいの地域のものを調べてみるといいかもしれません。世の中では結構、物に関するサービスばかりが騒がれがちですけど……。

西川 本人も家族も、心のケアも大切ということなんですね。

藤井 そうですね。例えば、要介護の四・五の人は、年間で数回分の美容室の無料券がもらえる、みたいなサービスもありますし。

松本 女性はいつまでもキレイでいたいですもんね、うれしいだろうな。

西川 僕が見かけたのは神宮球場で、介護用ベッドのままで観戦していた人がいました。車いすで見られるスペースもあって、すごくいいなと思いましたね。多分、ヤクル

【自治体によるサービス】
各自治体では、様々な支援をしており、各地域の特色が出ている場合が多い。

トさん側のご厚意による招待だと思いますが。

藤井　そうでしょうね。

西川　ベッドの周りには付き添いの人が数人、いたんですよ。ご本人もご家族の人も気分転換ができると、うれしいですよね。

藤井　そうそう。そういう情報は全て、先ほど言った地域の包括支援センターにあります。

松本　そこで、どんな風に聞いたらいいんですか?

藤井　「家族がこういう状態なんです」と伝えて、どんなサービスがありますか、と聞けば教えてもらえると思います。

高齢者複合施設（ミサワホームグループ）

松本　お得な情報もですか？

藤井　そうですね。

松本　地域包括支援センターは、どこにあるのでしょう。

藤井　基本的に、中学校区内と言われますね。公立の中学校の圏域です。

松本　どこにあるかを区役所や市役所で聞いたら、教えてくれるのかなぁ。

藤井　各地域で介護保険課や高齢サービス課があるので、そこに行ってみてください。近所の包括支援センターを教えてもらえると思います。

危ないことをやめさせるのではなく、安全にできる方法を

松本　先生、高齢者が陥りやすいケガってありますか？　例えばうちのおじいちゃんは、ずっと元気やったんですけど、一時期からよく転ぶようになって、とうとう足を折ってしまったんですよ。そこから症状がいきなり加速して……。

西川　うちも退院した母が、家に帰ってくると家事を自分でやろうとするんで、転倒したり、尻もちをついたり、頭を打ったりしていました。

松本 身体が動かなくなると、一気に症状が進む気がするんです。そのための予防というか、「こんなところに気をつけたほうがいい」ということはあるのでしょうか。

藤井 当人にとっても周りにとっても、今までの生活をどれだけ維持していけるかということが、とても重要なんですよね。例えばずっと専業主婦だったお母さんは、家事をいつまで続けられるかによって、症状の進行具合がすごく変わってくるかなと。そこを考えると、環境を確認してあげることが大事かもしれません。それこそ転倒に関係しそうな場所とか。

西川 ああ、段差があるような。

藤井 そういう場所をバリアフリーに変えていくのも、一つの方法です。

松本 階段だったら、手すりをつけてあげたりね。

藤井 つかめるものがあるだけで変わりますから、その辺りを見直してもらえるといいかもしれません。転倒は、高齢者にとって大きな事故やその後の変化につながっていきますので。

西川 やっぱり骨折する高齢者って、多いんですか？

藤井 骨折は多いですね、特に大腿部を折ってしまう人が。

【バリアフリー】
介護の場合、代表的なのは、段差の解消、手すりの設置、トイレの改修など。

松本 二年前に亡くなった僕のおばあちゃんも、六回ぐらい骨折していました。折っては治り、それでまた動いて、折れて。

西川 高齢になると、骨がもろくなるんかなぁ。

藤井 そうなんです。特に女性は年を取れば取るほど、どうしても骨粗鬆症になりやすくなってしまいます。

松本 おばあちゃんはほんまに、入院して治って入院して治っての繰り返し。寝たきりになるのが嫌やから、大好きな畑仕事をやっていたら、転んでもいないのに「痛い、痛い」と言い出して、調べたらひびが入っていたり。

藤井 転ばなくても、圧迫骨折やひびが入ることはよくあります。

松本 年だからと言えば、それまでなんですけども。

藤井 ただ一番やってはいけないのは、「転ぶかもしれないから」と言って全てを奪ってしまうことです。

西川 日常の生活を、ですね。

藤井 はい。生きがいがなくなってしまいますから。

西川 その加減が難しいんだよなぁ……。

【骨粗鬆症】 老化や生活習慣などにより骨の量が減ってしまい、骨折をおこしやすくなる、ないしは骨折してしまった状態のこと。

【圧迫骨折】 外部から加えられた圧迫する力によって、脊椎の椎体と呼ばれる部分がつぶれてしまうことによって起こる。高齢者や女性に多い。

こっちとしては、やっぱり転んでほしくない。だから「動く時は言ってくれ、こっちがやるから」とつい言ってしまうんです。でも、それをやりすぎてもよくないんや。

藤井　そこは「こっちがやるから」よりも、転ばないような環境を整えましょう。例えば洗濯物を干す場所が二階にある場合、「階段を上り下りすると危ないから、洗濯物を干しに行っちゃダメ」というご家族、意外といるんですよ。そこは「干しちゃダメ」ではなく、階段を使わない一階に干すようにすればいいんです。場所を変えてあげたりするだけで、変わるところはあると思います。ものの見方をちょっとだけ変えたら、対処できるところは多いはずですよ。

西川　リスクを下げるのは、行動させないようにすることじゃない、と。

藤井　そうです。行動をやめさせるのではなく、安全に続ける方法を考えることが大事だと、考えていただければ。

松本　なるほどな～。

藤井　料理も、認知症が出てくると「火を使うと危ないから、料理をやめろ」となってしまいがちですが、火を使わなければ安全なのであれば、加熱はレンジに任せてみるのもいいですよね。

西川 そうか、レンジという手があったか！

藤井 料理をずっと続けてきた女性にとっては、それ自体ができなくなるということは、楽しみを奪われるのと同じですから。

西川 うちの母は退院した時に「ご飯を作るわ」と言い出したんですけど、実は看護師さんから「包丁を使うと、倒れた時に刺さったら危ないので、料理はやめさせてほしい」と言われていたんです。でも母は「どうしてもやりたい」と言うし……。

藤井 それなら、例えば倒れない場所で包丁を使うとか。

西川 なるほど、座ったままでできますもんね。

藤井 立っている時に転んで包丁が刺さったら危ないと言うなら、包丁を持たないことよりも、転ばない姿勢でやることを考えましょう。

松本 全く切れない包丁を使ってもらうとか（笑）。

西川 それじゃ、ただのままごとや！

松本 切るのに、めっちゃ時間がかかるやろうけど。

西川 おやじが腹減るやんけ！

松本 おやじは腹減るけども（笑）。

西川 でも確かに、僕も「包丁を使ったらあかん」と考えていました。包丁を使ってもいいけど、倒れないところでやるという発想の転換、大事ですね。

藤井　何が一番問題なのか、焦点を当てて考えてあげるべきです。「認知症の人が包丁を使うと危ない」とよく言うんですけど、〝手続き記憶〟と言って、当人が昔から長くやってきたことは、覚えていたりします。ずっと包丁を使ってきた人は、認知症になっても包丁だけは使えること、多いんですよ。そこは、ちょっと理解しておいてもらいたいですね。

高齢者に多い誤嚥性肺炎

西川　病気で言うと、高齢になると誤嚥性肺炎が増えると聞きました。

藤井　そうなんです。

西川　ご飯や飲み物を飲みこむ時に、誤って気道に入ってしまうことから起こる肺炎ですよね。

松本　老化によって、噛んだり飲み込んだりするのに必要な筋力が衰えたことでなりやす

【誤嚥性肺炎】食べ物を気管から排出する反射機能が鈍ってしまい、気管から排出できずに起こる肺炎。

くなるって、習いました。

藤井 一番多い理由は、口腔内の細菌が睡眠中に肺に垂れ込むことだと言われています。

松本 唾液の量が減って、飲み込みにくくなるのも原因の一つですよね。

藤井 年を取るとあまりしゃべらなくなるし、笑わなくなります。そのせいで口周りの筋肉が衰えたり、つばが出づらくなるんです。そういう意味でもレギュラーさんが介護施設を回って高齢者を笑わせてくれるのは、とてもありがたいんですよ。誤嚥性肺炎の防止にもなっていますから。

西川 先生、それを吉本のおえらいさんにも言ってください（笑）。

藤井 そうですね（笑）。

西川 これで誤嚥性肺炎が少しでも減るのなら、もっとみなさんを笑わせに行きたいですよ！

藤井 介護の現場だと、防止策としてまずは口腔ケアで口の中を清潔に保つことが大事なんですが、「パ」「タ」「カ」「ラ」をそれぞれ五連続で繰り返すことを三回やる「パタカラ体操」などもやっています。この体操の意味を知らないまま、ただやってい

【唾液の量も減っていく】 薬の副作用、自律神経の乱れ、血液の運搬の障害などによって起こる。

るだけの人も多いんです。それよりも自然に笑って、さらに体操にもなるのであれば、一石二鳥ですから。

松本　僕らもうれしくなって、一石三鳥です！

藤井　やっぱり自然に楽しくなって笑顔になることが、一番唾液も出るんです。そうなると食欲が湧きますし、水分も飲みたくなるので。

松本　この本で紹介している、僕らの「満腹アヒルの大冒険」（P一五〇参照）というネタも、使えそうな気がする。「アヒル口であまり開けずに食べ物の名前を言うので、それを当ててください」というゲームなんだけど。

西川　そうそう。「もーもん」と聞こえる

豊泉家桃山台有料老人ホーム

けど、何て言ってるのかを当てる。正解はラーメンでした、みたいなね。

藤井 ああ、そうですよ。あれをレギュラーさんだけじゃなくお客さんにもやってもらうと、同じ効果がありますね。

松本 そのパターンをこの前、お笑いの舞台でやったよな、西川くん。

西川 そうそう。

松本 今までは年配の人の前でやっていたけど、「普通のお客さんの前でやったら、どうなるかな?」と披露してみたら、むちゃくちゃ盛り上がったんですよ。一番盛り上がったのが、お客さんの中にお子さんがいて。

西川 小学一～二年生ぐらいの子やったな。

松本 「じゃあ、満腹アヒル、やってみる?」と声をかけて、やってみたんです。

西川 お子さんが「僕もそっちをやりたい!」と言い出したんだっけ。

松本 やっぱり、オモロいんですよ。子どもさんが何もしゃべれなくてもオモロいし、当たったらテンションが上がるし。僕らは芸人ですから、全力でやるとクイズにならないことを知っているので(笑)、何となく抜きどころを考えてヒントを与えてますけど、子どもさんは思いっきり口を閉じて「ムームームー」とやるんですよ(笑)。それはそれで、また盛り上がるんですよね。お客さんも巻き込んで、誰かにやって

【ムームームー】
「この時の正解は、棒棒鶏でした!」(西川)

藤井　もらうっていうのもいいなと、その時に勉強しました。レクリエーション介護士としてデイサービスに行ったら、高齢者の人にやり方を教えてあげるといいですよ。そうすると家に帰ったおじいちゃんが、お孫さんと一緒に遊べますよね。そうやって新たな遊びを家に持ち込んでいくと、おじいちゃんが一家のヒーローになれるという、いい循環ができたりするので。

西川　ぜひ、おじいちゃんにヒーローになってもらおう！

藤井　「パタカラ体操」という正式なものだけではなく、考え方さえ理解していれば、アレンジを効かせたものをたくさん作れると思います。

そして、それはすごく意義がある。

西川　「満腹アヒル」は、理にかなっていたんですね。

藤井　はい。

松本　僕らとしては、アヒルが何を言っているかを聞いてもらうことで、聞き取りの訓練とか、集中力を高めてもらおうと思っていたんですけど。

西川　やり方によっては、口の体操になるんやね。……はっ、じゃあ、「あるある探検隊」の「た」もいいっていうことですか？

藤井　「た」が二回も入ってますね。

松本　よし西川くん、もう一回「あるある探検隊」流行らそ！（笑）

六五歳は、高齢者なのか？

西川　「後期高齢者」という言葉をよく耳にするようになりましたけど、僕らもこの意味を習ったっけ？

松本　う〜ん、習った気がするような、しないような（笑）。

西川　確か習ったけど……、先生、もう一度教えてください！

藤井　改めてお伝えすると、後期高齢者は基本的に七五歳の人たちのことを指します。

西川　六五歳以上が高齢者ですね。

藤井　そうです。そして七五歳から、後期高齢者と言われるようになります。六五歳以上が高齢者だと定義された時代は、今よりも寿命がまだまだ短かった頃なんですよね、最近よく言われているのが、「六五歳は本当に高齢者か？」ということ。国としては、

西川　六五歳はまだ働いてほしい年代です。定年が六五歳ということを考慮すると、高齢者ではないんじゃないかと。この議論は、介護の現場でもされてきています。

藤井　今、六五歳はまだ若いと見なされるということですね。

松本　そうです。そして二〇二五年は、団塊の世代が七五歳になり、後期高齢者がどっと大幅に増える年です。四人に一人が後期高齢者という、超高齢化社会が到来します。

藤井　もう目の前まで迫っていますね……。後期高齢者は、介護面での優遇があるんですか？

西川　介護の優遇というよりも、使えるサービスが増えますね。例えば一〇〇〇円で都内の乗り合いバスの大部分に乗れる「シルバーパス」は、後期高齢者より少し手前の七〇歳以上から使えるようになります。他にもいわゆる〝シニア割〟は、自治体によっていろいろありますよ。

藤井　調べてみたら、いいサービスが見つかりそう。

西川　それ以外にも高齢者向けのサービスで言うと、ヤクルトレディさんが安否確認も含めて毎日ヤクルトを自宅にお届けするサービスとか。

藤井　一人暮らしの高齢者の方は、お元気なのか心配ですもんね。

西川　あとは高齢者向けの宅配の食事も、毎日配達されるので安否確認も兼ねています。

【シルバーパス】
シニア向け交通費支援制度。「敬老優待乗車証」「まちなか・おでかけパス」など、地域によって名称が違う。

介護レクリエーションで、楽しんでもらいたい！

松本 僕らはレクリエーション介護士の資格を取りましたが、この資格ができたのが二〇一四年なんですよね。

藤井 その年の九月から始まっているんですけど、その前の段階で介護現場にヒアリングをおこなったことが、この資格ができるきっかけとなっています。ヒアリングしてみると、ケアや介助の仕方は学んできたけど、レクリエーション自体をしっかりと学んだことがないという介護職員が多かったのです。でもデイサービスの施設で働くと、レクリエーション担当になることがよくあるんですよ。人を楽しませることをあまり習ってこなかっただけに、そこですごく悩んでしまう介護職員が多くて。これはちゃんと学んでもらう機会を作ろう、となったところが大きいですね。

松本 逆に、僕らは「なんて芸人向きの資格なんだ！」と思いましたから。資格を取っている時も、勉強をした感覚がホンマにないんですよ。もともと芸人は、人を楽しませることが好きでやっています。まさに芸人向きの資格だと思いました。一方で、

【レクリエーション介護士の資格】
介護職員へのヒアリング、アンケート調査で、「レクリエーションを学びたい」とする回答が多く、非常に高いニーズから、二〇一四年に誕生。

藤井　年配の人たちが分かるようなネタということは、自動的に子どもさんにも伝わるようなネタです。介護レクリエーションのために作るネタは、老若男女に笑っていただけるように考えますし、単純に営業で使えるものが増えるんです。営業を見に来る人はファミリー層が多いので、まさに子どもさんからご年配の方までいます。最近、ネタをやる時間がたくさんある営業では、介護レクリエーション用のネタをちょっとやったりもします。確実に盛り上がりますね。

施設側としても、芸人さんが来てくれると「普段会えない人たちに会える」と、高齢者の方がとても喜びま

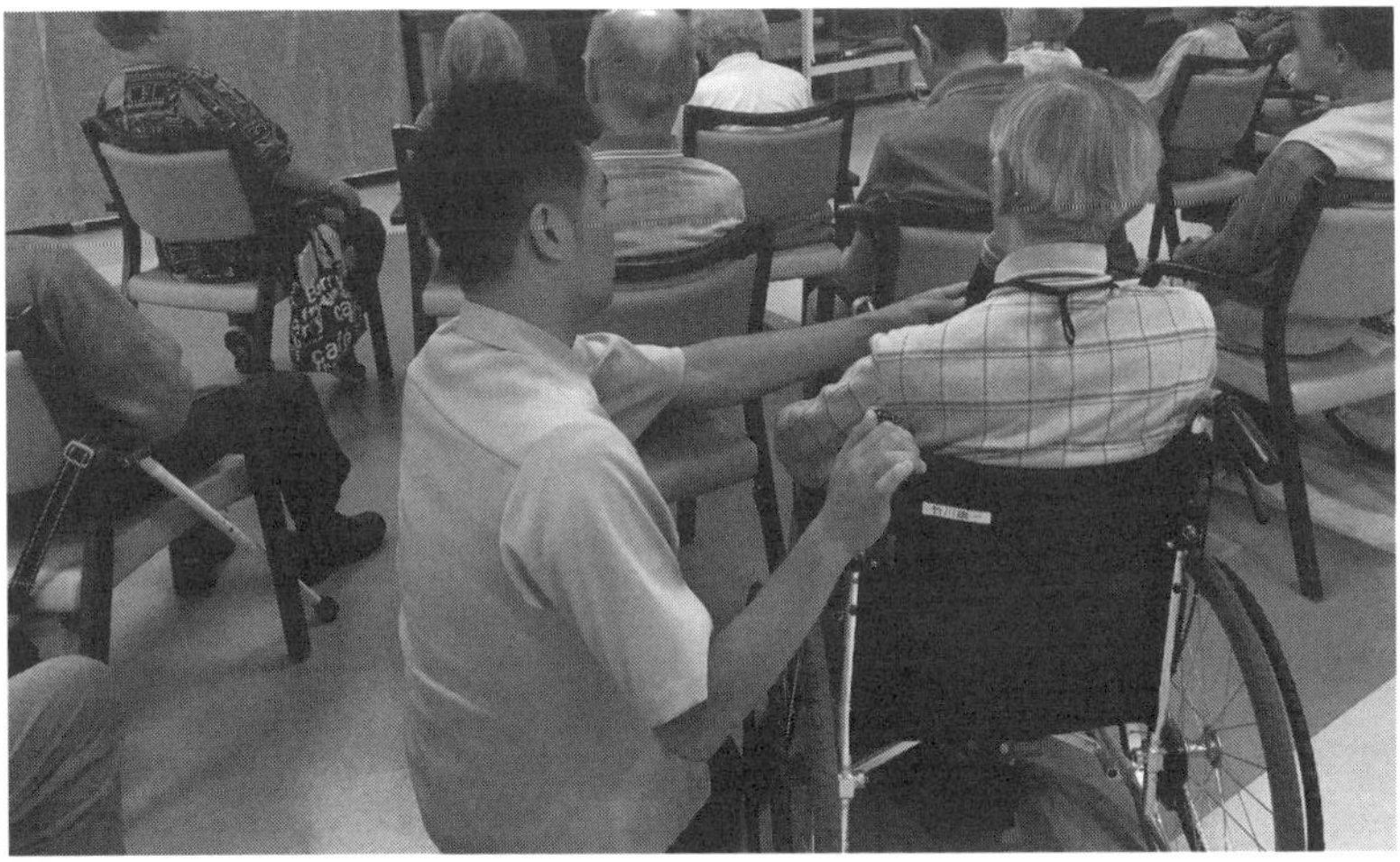

会場にも降りて接する

す。いつもとは違う空気や感覚を味わえますし、ルーティーンで生活している人にとっては、外部の人たちと触れ合うことで、社会の一員として生きている実感を得られるのです。うちの施設にレギュラーさんが来てくれた時、いつもは会った人を忘れてしまうのに、二人が来たことだけは覚えていた人もいましたよ。名前は覚えていなくても、「ああいう人が来たよね」と印象として残っていたり。

西川 僕らが帰ったあとでも、一日のできごととして記憶に残ったんですね。

藤井 そうです。それと、レギュラーさんがやってくれたゲームの中に、好きなものを答えるクイズがありましたよね。そこである人から、「近所のファミリーレストランのほうれんそう炒めが好き」という答えを引き出してくれたでしょう。あれはいつも関わっている職員だと、聞き出せない答えだったりするんです。そういう新しい一面が見えることも、介護レクリエーションの効果なのかもしれませんね。

西川 「普段あんまりしゃべらない○○さんが、レギュラー相手だとよくしゃべっていました」と言われたこともあります。

松本 僕らは普通にしゃべる人やと思って会話をしていたけど、あとから「実はあの人、いつもは一切しゃべらないんですよ」って言われて。そういうの、やっぱりうれしいよね。

【ルーティーンで生活】
基本的に、施設では時間割が決められていて、それに基づいて生活パターンが決まりがちなので、近年、解消してあげることが重要視されている。

藤井　しかも先ほど言った通り、誤嚥性肺炎の予防になったり、クイズを出してもらうことで脳トレになったりと、様々な効果があるんです。そういえばレギュラーさんが介護レクリエーション用のネタを作る時は、どんなところを意識しているんでしょうか？

西川　まず楽しいことが絶対ですね。

松本　そう、楽しんでもらうことが一番！

西川　「みんなで楽しく笑って」が基本で、あとは体を使う、脳トレ、考える要素とかをプラスしていく感じです。

松本　大前提として、僕らも楽しみたい気持ちがあるんですよ。だからその場で、質問を投げかけたりもします。「一番のご長寿さんは誰ですか？」と聞いて、最年長さんに「今まで一番びっくりしたことや、一番おいしかったものを、若造の僕らに教えてください」とお願いするんです。そういう会話をできることが、僕らはまた楽しい。たまに、とんでもなく面白い話が出てきたりするので、そうなると大喜びですね。かと思えば、東京大空襲のことを教えてくれる方もいたりして。「空襲は、空がとてもきれいだったんだよ。爆弾がピカピカ光りながら落ちてきてね。なぜだかわからないけど、爆弾が降ってくるさなか、私はそれを見る余裕があったんだ」と

教えていただいた時は、本当に体験していないと言えない言葉やな、と思いました。亡くなられた人がたくさんいる不幸なできごとですし、戦争を経験していない僕らにしてみたらただ怖いというイメージだったんですけど、実際に体験した人のなかにはそう思った方もいるんだと。この手の話って、教えてもらう機会がなかなかないですからね。

藤井 しかも歴史的な体験談を聞くことは、後世にものごとを伝えていくということにつながっています。

松本 記憶を伝達しているんですね。

藤井 そうです。でも高齢者が一方的に「おまえ、空襲を知っているか?」と話し出したら、若者は聞きたがらないでしょう。レギュラーさんみたいにインタビュー形式で話を聞いてくれると、高齢者の方は会話を楽しみながら、「思っていることを言えてよかった」と喜んでいると思います。しかも後世にものごとを伝えるという、大きな役割を果たしているんです。また過去の事実を語ることで脳が刺激されて、精神状態を安定させる『回想法』という心理療法にもなっていますしね。

【回想法】
懐かしい写真や音楽、昔使っていたなじみ深い家庭用品などを見たり、触れたりしながら、過去の経験や思い出を語り合うこと。

介護レクリエーションは、誰でもできる

西川　僕らに限らず、全体的に見てレクリエーション介護の意義はどういうところにあるんですか？

藤井　「介護の現場で、生きていく元気を再び作り出す活動」が一番大きいですかね。レクリエーション＝〝re-creation〟なので、再び作り出すわけです。

松本　なるほど～。

藤井　年を取るとできなくなることが増えますし、病気になったら旅行に行けなくなったりします。そうした生きがいをもう一度作り出す、もしくはそれを支援していくのがレクリエーション介護士なんです。レギュラーさんが介護レクリエーションをすることで、笑顔の少なくなった高齢者の生活のなかに笑いが生まれます。そして「もう一度楽しいことをしたい」「また二人に会いたい」「二人を応援したい」と、気持ちが前向きになります。そこから次の日への希望が生まれていく、というサイクルになるんです。

松本　じゃあ、どんどん介護の現場に取り入れていったほうがいいんですね！

藤井　はい。介護の現場では、体のケアはもちろんのこと、心のケアもとても大切です。人間は気持ちが動かないと、何も始められない。歩くためのリハビリをするにしても、「何のために歩けるようになるのか」という目的がないとなかなか成果が上がりません。レクリエーションの時間を持つことで生きる喜びや希望を作り、気持ちを前向きにするんです。トイレ介助にしても、介助することばかりが目的になりがちですが、本来は自立支援を目的としています。介助される側も、自分でトイレに行けるようになることで、旅行に安心して行けるなど、未来につながりますから。

西川　喜びや目的があったほうが、やる気もアップしますよね。

藤井　レギュラーさんが介護レクリエーションをすることで、施設内に話題が生まれますし、「笑ってもいいんだ」と感じる人もいます。「次はいつ来てくれるのかな」とか「テレビに出たら、応援しよう」と、意識が未来に向きますよね。それはとても大事なことなんです。

西川　僕ら自身も、介助はなかなかできませんが、笑いを通して自立支援になればいいなと思っています。「笑うと楽しいな」「こんなことが、またあったらいいな」から、頑張って生きていこうという意志につながれば、よりいいかなと。

【心のケア】
病気になったり、介護が必要になると、自分や家族、大切な人もストレスにさらされることが多くなるため、前向きに過ごせるようにと、近年重視されている。

いっしょに「気絶」も!?

松本　しかも介護レクリエーションは、芸人だけに向いた資格じゃないんですよね。誰もが介護レクリエーションのプロになれるというか。分かりやすく言うと、得意なことを自分なりにアレンジして、介護レクリエーションにできるんですよね。

西川　そうそう。

松本　ネイルが得意な人は、おばあちゃんにネイルを塗ってあげたり、やり方をちょっと教えてあげる、それだけで立派な介護レクリエーションです。

西川　折り紙が得意なら、それを教えてあげたりね。

藤井　何も浮かばないという人は、この本でレギュラーさんがやっていることをマネすると、いいと思いますよ。

松本　いやいや、もうもう、先生お上手で！（笑）

西川　でも本当に、いろいろ試してもらいたいよね。

松本　実際、僕はSNSでも介護レクリエーションのネタをアップしたりするんだけど、デイサービスの仕事に就いている方から「やってみました」「楽しくできました」と反応をもらうんです。何をしたらいいのか困っている人が意外と多いんですよね。

【この本でレギュラーがやっていること】
P一三四より、レギュラーオリジナルの体操を紹介。

僕らはいろんな施設に一日行くだけですけど、勤務している方はレクリエーションのスケジュールを月間で組むと聞きました。月曜に折り紙をしたら、翌週の月曜はちょっと難易度を上げて、折り紙で部屋の飾りを作りましょう、とか。クリスマスみたいなイベントが近くにあったら、それにまつわる歌を合唱しましょう、とか。毎日のことだから、「レクリエーションで使える、何か新しいものはないかな」と常に探している感じがありますね。

西川　その一つとしてこの本がお役に立てば、嬉しいなぁ。

藤井　レギュラーさんのネタで、特に現場の私たちがうれしいポイントは、道具を必要としないことです。そのおかげですぐにできますし、施設で一緒にやった高齢者が、自宅でお孫さんと一緒に遊べますから。

西川　僕らも、準備するのが面倒なもので（笑）。でも確かに、身一つでできる手軽さはあると思いますよ。

第三章

レギュラーがシミュレーション

ドクター笹岡監修
「介護の手順&ケーススタディ」

**介護は突然やってくる。
その日に備えて、介護が必要になった場合、
まずはどうすればいいか、
レギュラーの2人が介護の基本とかかるお金について、探ってきた。**

笹岡大史先生Profile
春日部在宅診療所ウエルネス院長

中高時代は相撲部、大学ではアメリカンフットボール部と「体育会系」。大学病院循環器内科部長、老健施設長などを経て、春日部在宅診療所ウエルネスを開業。在宅や介護施設で訪問診療を行う傍ら、健康をテーマにした講演会の企画運営を行なっている。

松本　三重のおばあちゃんの時もそうやったんやけど、介護が必要になったときに、まずどこに相談すればいいのか、当事者は途方に暮れると思うねん。

西川　知識ゼロからの介護はキツいよなぁ。このページでは。突然介護が必要になった人に、まずどうすればいいか、わかりやすく解説するで。

地域包括支援センターでは、介護、福祉、健康、医療など、地域の高齢者が生活していく中での困りごとや悩みごとの相談に応じていて、本人や家族と相談しながら、必要な支援に繋げる活動をしてるんやで。

「地域包括支援センター」は こんな施設の中にある

高齢者のみなさんが、住みなれた地域で安心して生活できるよう、保健師、主任ケアマネージャー、社会福祉士等の専門職がチームとなって対応している。

中学校区に一ヵ所程度設置されているらしい。

まずは要介護認定を受けよう

介護サービスの利用手続きフローチャート

医療保険と違って
介護保険は
申請しないと
使えへんで

利用者（本人または家族が申請）

市区町村の窓口

窓口の名称は
様々なので、
『介護保険の
申請窓口はどこ?』と
聞いてや

認定調査
（調査員による訪問調査）

主治医意見書
（主治医がいない場合は窓口に相談）

要介護認定

一次判定
コンピュータによる判定

二次判定
介護認定委員会による判定

- 非該当（自立） → 介護予防ケアプラン → 介護予防事業（地域支援事業） → 体操や歯磨き、栄養改善の指導など
- 要支援1～2 → 介護予防ケアプラン → 介護予防サービス → 要介護と類似のサービス
- 要介護1～5 → 介護サービスの利用計画（ケアプラン） → 介護サービス → 介護保険によるサービス

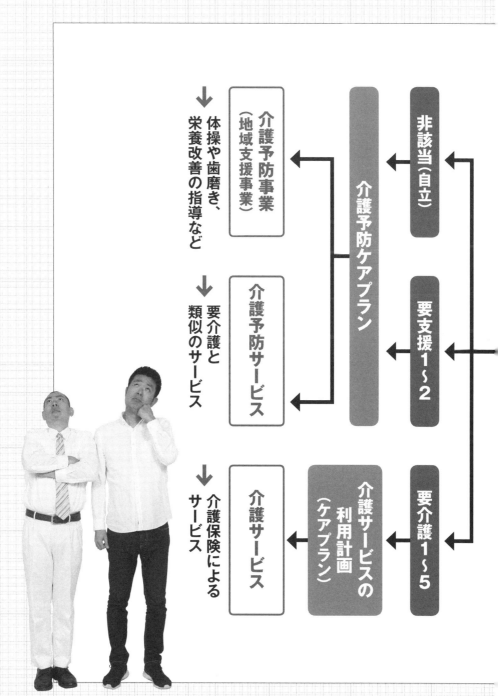

あなたの家族に向いている介護は？

最適介護フローチャート

介護サービスや施設がありすぎて、
迷ってまうな。
まず本人の要介護度や希望、
家庭の状況や予算も考えて、
自宅か施設、
どっちで介護するかの選択や!!

要介護になった

◉要介護度別の状態

要介護度	状態
要介護1	食事や排せつなどはほぼ一人でできるが、家事などの日常の能力が低下し、部分的に介護が必要
要介護2	要介護1に加え、歩行や食事、排せつなどの日常動作にも部分的に介護が必要
要介護3	日常動作でほぼ全面的に介護が必要。認知度では問題行動が生じる
要介護4	要介護3よりもさらに動作能力が低下し、介護なしには日常生活が困難
要介護5	生活全般にわたって介助が必要で、介護なしに日常生活が送れない

※認知症症状等によっても変わります。

今は元気でも
将来が心配な人のための施設

◉主な施設

施設の種類	特徴
介護付き有料老人ホーム（自立型）	入居時は自立が前提。要介護になれば介護サービスが定額で受けられる。施設は豪華で部屋も広め
住宅型有料老人ホーム	要介護になったら、外部の介護サービスを利用。下記のサービス付きの登場で、今後は減少傾向に
サービス付き高齢者向け住宅	日中は生活相談員が常駐し、入居者の安否確認や様々な生活支援サービスを受けることができる。

◉在宅サービス

訪問サービス

主なサービスの種類	内容
訪問介護（ホームヘルプ）	ヘルパーが身体介護や生活援助を行う
訪問入浴介護	看護職員と介護職員が訪問し、浴槽を運び込み、入浴介護を行う
訪問リハビリテーション	理学療法士や作業療法士などが訪問してリハビリを行う
訪問看護	主治医の指示で看護師などが訪問し、療養の世話を行う
居宅療養管理指導	医師や歯科医師、薬剤師などが訪問し、療養の指導を行う

通所・宿泊サービス

主なサービスの種類	内容
通所介護（デイサービス）	施設に通って、食事や入浴、機能訓練などを受ける
通所リハビリテーション（デイケア）	老健や医療機関に通い、リハビリを受ける
短期入所生活介護／療養介護（ショートステイ）	短期入所し、日常生活の介護・機能訓練などを受ける

Yes

居宅介護支援事務所のケアマネージャーがケアプランを作成

自宅での介護が可能だ

No

入居施設のケアマネージャーがケアプランを作成

◉施設サービス

主な公共型

施設の種類	特徴
介護老人福祉施設（特別養護老人ホーム「特養」）	費用の安い公共型老人ホーム。最近は全室個室の新型が増えている
介護老人保健施設（老健）	病院から自宅に復帰するためのリハビリ施設
介護療養型医療施設（老人病院）	症状が安定している高齢者向け長期入院医療施設 ※制度の改正により廃止予定

2～3年待ちはザラの狭き門やで

原則として入居期間は3～6ヵ月

主な民間型

施設の種類	特徴
介護付き有料老人ホーム（介護型）	要支援、要介護の人が対象
サービス付き高齢者向け住宅（介護型）	施設内、あるいは隣接する介護事業者が介護サービスを提供
グループホーム	認知症高齢者の共同生活施設

入居金1,000万以上も多いらしいで

福祉用具サービス

日常生活での自立を助けてくれる福祉用具、介護保険でレンタルできる主なもの

1 車いす

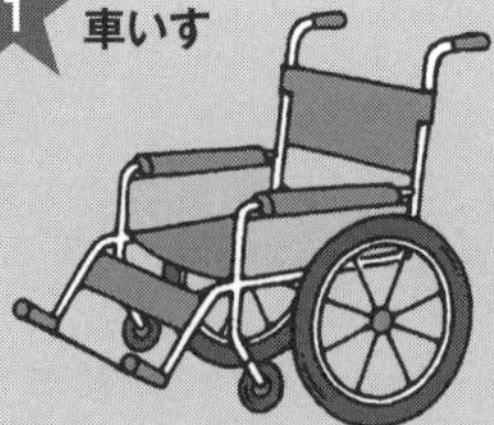

2 車いす付属品

3 床ずれ防止用具

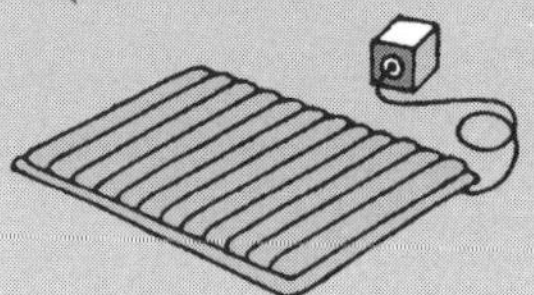

4 特殊寝台

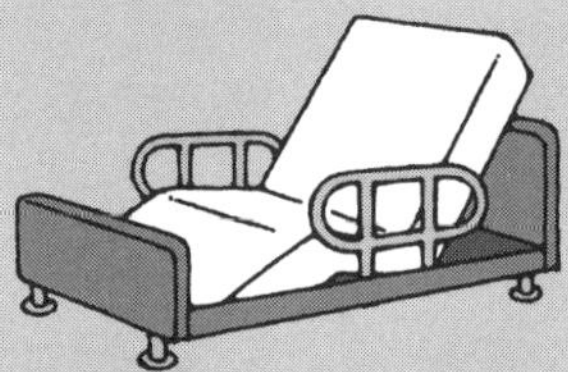

5 特殊寝台

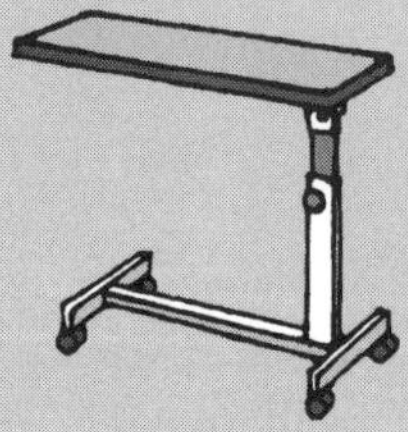

マットレス、ヘッドサイドテーブル、サイドレールなど。

6 手すり

※工事不要のもの。

7 歩行器

8 歩行補助杖

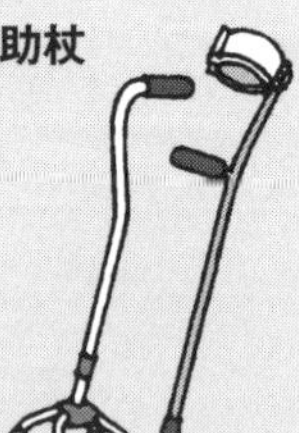

多点杖など。

9 スロープ

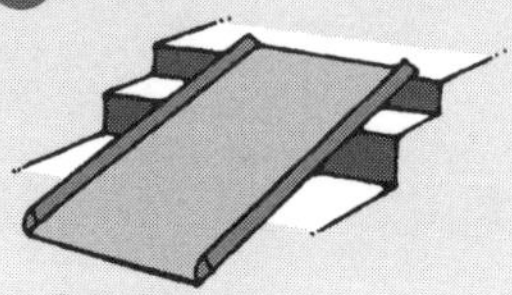

※工事不要のもの。

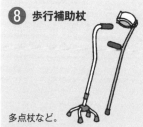

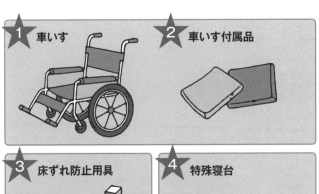

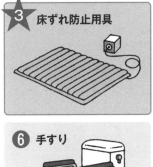

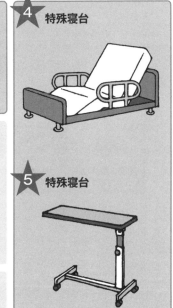

◉介護保険で購入できるもの（福祉用具の販売対象品目）

⑪ 入浴補助用具

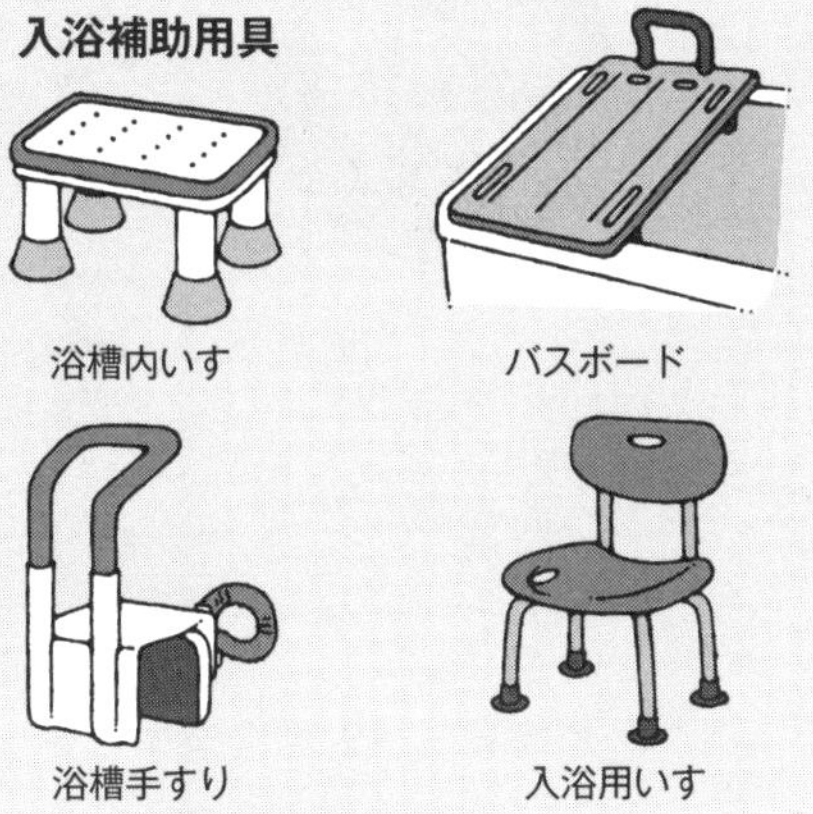
浴槽内いす
バスボード
浴槽手すり
入浴用いす

⑩ 腰掛便座

ポータブルトイレ

＊要支援1、2と要介護1の方は
☆印（1～5）の用具は原則としてレンタルできません。

住宅改修の
費用の一部が
支給されるんやで

住宅改修サービス

重要

改修前に必ずケアマネージャーに相談してください。

介護を受けている方一人につき要介護度に関わらず200,000円を上限とし、
実際にかかった費用の9割、8割または7割が支給されます。
200,000円までであれば、分割して改修可能です。
要介護度が3段階以上上がった場合や、
転居した場合には、再度の給付が受けられます。
※住民登録地以外でおこなった住宅改修は保険対象外です。

介護保険でできる住宅改修

工事前に
ケアマネージャーや、
市役所介護保険課等に
相談するべきやな

壁に手すりの取り付け

和式便器を洋式便器へ
取り替え

出入り口のドアを
引き戸に取り替え

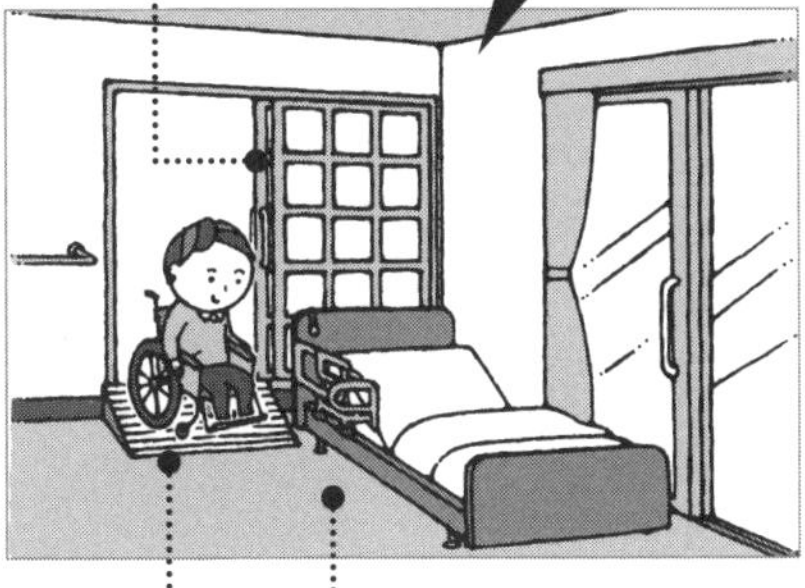

段差解消のための
スロープなどの設置

畳の床をフローリング
に取り替え

レギュラーによる介護の流れ

「ケーススタディ」

認知症の疑い

認知症って?

まずはチェックしてみよう。

□ 1. 周囲から「いつも同じことを聞く」と言われる。
□ 2. 今日が何月何日かわからない時がある。
□ 3. 電話番号を調べて、電話をかけることができない。

一つでも当てはまる場合は要注意!!

年を取ってくると誰でも出てくる「もの忘れ」。年相応の「もの忘れ」と、認知症の「もの忘れ」の違いはなんでしょう?

年相応の「もの忘れ」

●体験の「一部」を忘れる。／家族や知人の名前が思い出せない。
「何を食べたか」思い出せない。
●もの忘れの自覚がある。

認知症の「もの忘れ」

●体験の「全体」が抜け落ちる。
家族や知人のことを忘れる。／「食べたこと自体」を忘れる。
●もの忘れの自覚がない。

認知症は病気です。

早期の対応が大切です。

以前と違う。

おかしいな? と思ったら……


まずはかかりつけ医に相談しましょう。

専門医療機関は「もの忘れ外来」「精神科」「神経科」「心療内科」「老年期外来」「老年内科」などがあります。

その他、居住地の地域包括支援センターにも相談できます。

認知症はまず予防から!

認知症の原因となる生活環境

❶ **教育と教養**
「今日行く(教育)」ところがない。
「今日用(教養)」がない。

❷ **人と話す機会がない**
独居、老々介護、外出の機会がない、世代間交流がない。

❸ **運動不足**
歩くこともなく寝ている。
座っていることが多い。

❹ **食事のバランス不足**
お米と漬物、ふりかけ、付け合わせ程度で済ます。
間食で空腹を満たしている。

❺ **役割の喪失**
自分の役割や希望を失う。

認知症の原因となる病気

日本では「アルツハイマー型認知症」、「脳血管性認知症」、「レビー小体型認知症」が三大認知症と言われており、中でも最も多いのが「アルツハイマー型認知症」です。

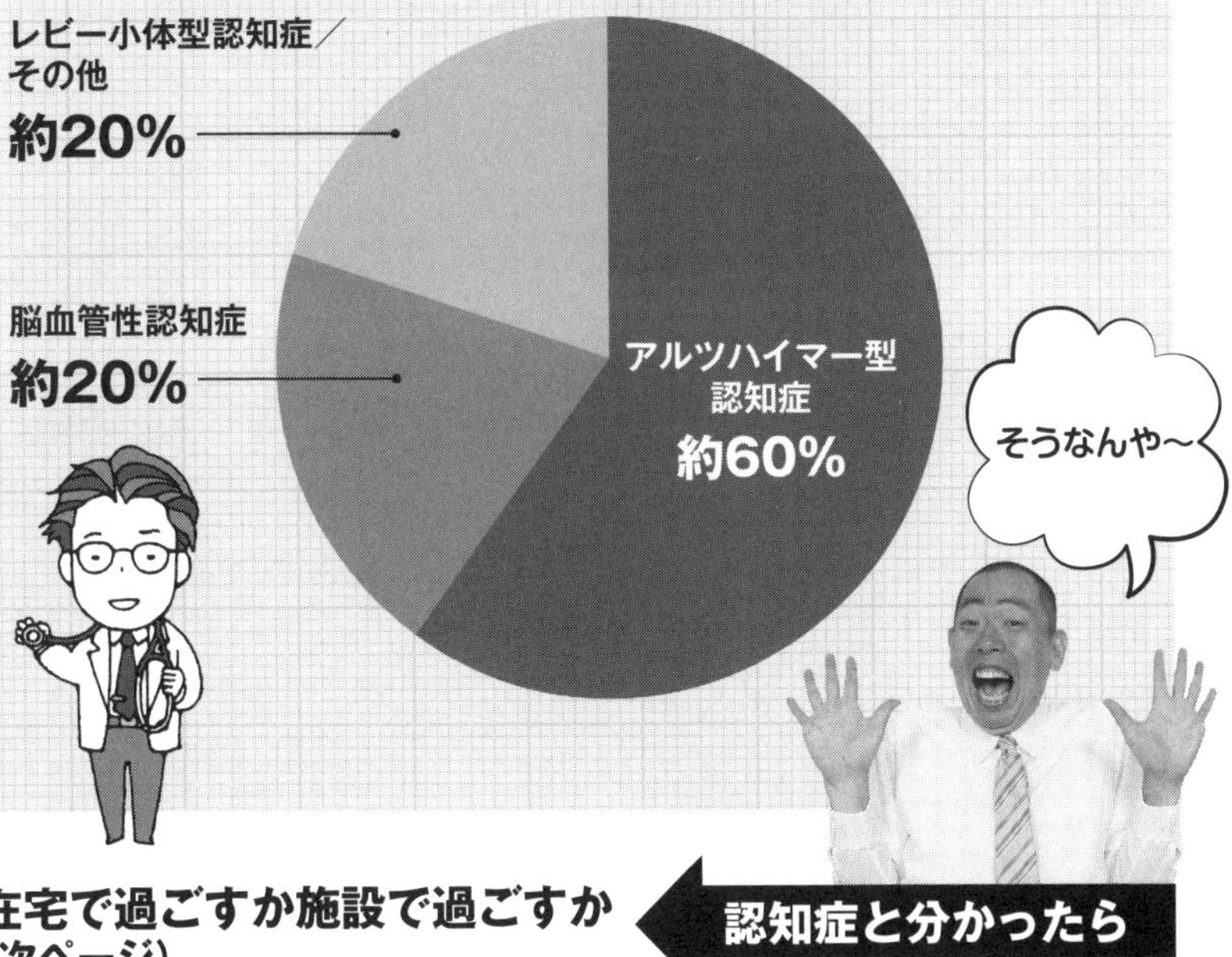

在宅で過ごすか施設で過ごすか
(次ページ)　←　認知症と分かったら

▶高齢者夫婦の介護

夫70歳、妻65歳。夫が認知症を発症し、要介護2。
遠方に住む松本くんには物理的にも経済的にも頼れない。

在宅

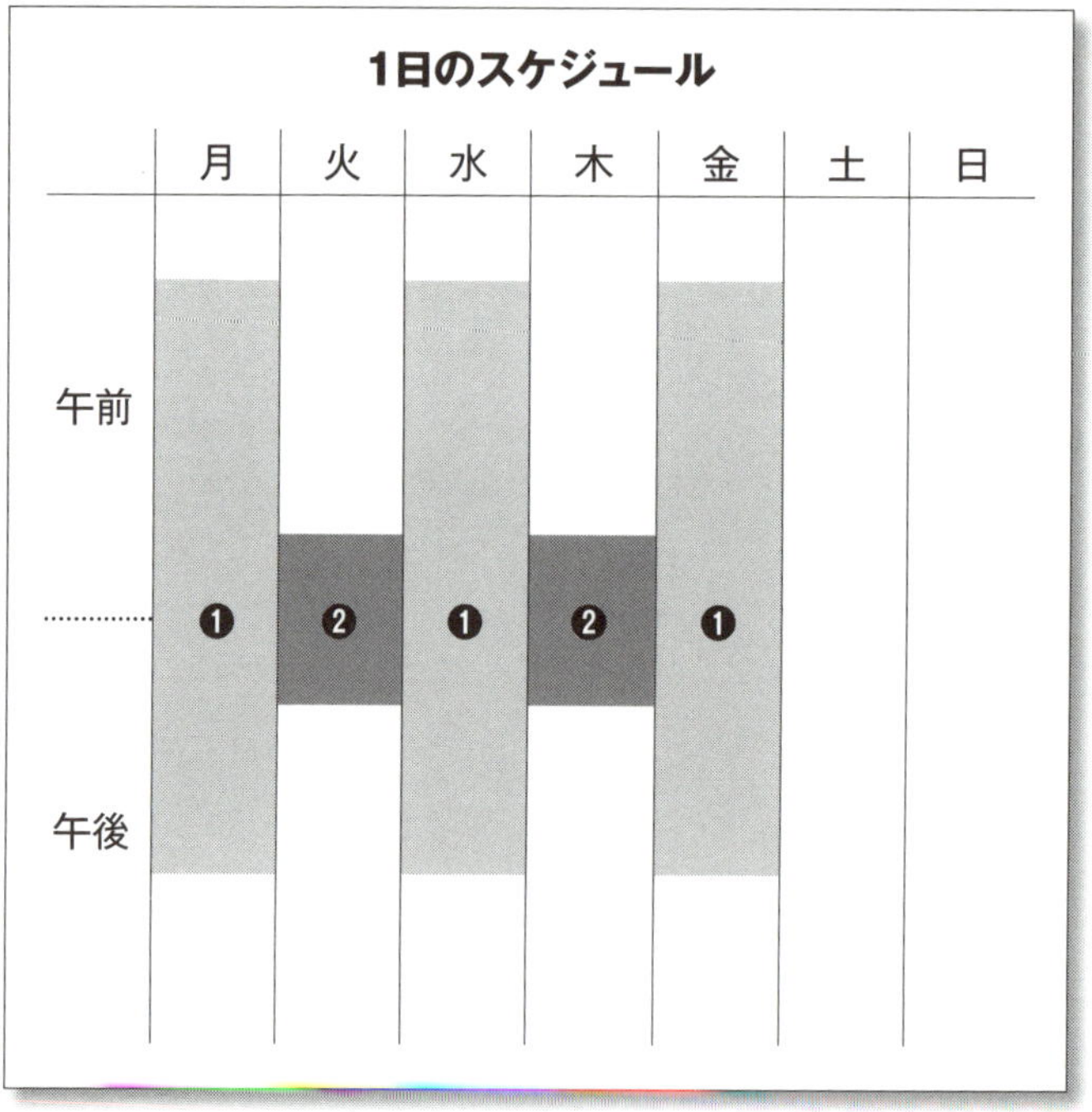
1日のスケジュール
月
火
水
木
金
土
日
午前
午後
❶
❷
❶
❷
❶

❶デイサービス　❷配食サービス

●1ヵ月の自己負担額

介護保険	約**16,000**円
配食サービス (1食600円)	約**7,200**円
☆年間費用(12ヵ月)	約**232,000**円

※上記費用はあくまでも目安です。
場所や条件、施設の設備などによって、具体的な金額は異なります。

夫のみグループホームに入る

①月額					②年額	
	家賃	約130,000円	介護保険	約24,000円		約2,328,000円
	管理費		介護保険外	約40,000円		
	食費		合計	約194,000円		

特徴

1 認知症ケア専門のスタッフが常駐。
2 入居者が少人数でアットホームな空間。
3 住み慣れた地域での共同生活。

夫のみ介護付き有料老人ホームに入る（予算低めの場合）

①月額					②年額	
	家賃	約120,000円	介護保険	約21,000円		約1,932,000円 ※別途、 入居一時金あり。
	管理費		介護保険外	約20,000円		
	食費		合計	約161,000円		

特徴

1 介護付き、住宅型、健康型の3つのタイプがある。
2 ホームによって異なるが、
自立の方から要支援・要介護の方まで幅広く入居することができる。
3 基本的に個室。

種類	入居一時金の相場	月額料金の相場
特別養護老人ホーム	0円	60,000 ~ 150,000円
介護老人保健施設	0円	90,000 ~ 120,000円
介護療養型医療施設	0円	90,000 ~ 170,000円
介護医療院	0円	80,000 ~ 140,000円
介護付き有料老人ホーム	0 ~数千万円	150,000 ~ 350,000円
ケアハウス （経費老人ホームC型）	数十万~数百万円	150,000 ~ 300,000円
グループホーム	0 ~数百万円	150,000 ~ 300,000円

脳卒中とは?

脳卒中にはいくつかの種類がありますが、大きくは脳の血管が詰まる「脳梗塞」と、脳の血管が破れて出血する「脳出血」や「くも膜下出血」に分けられます。

脳卒中

- **血管が破れる**

  - **脳出血**：脳の中の細かい血管が破れて出血します。

  - **くも膜下出血**：脳の表面の大きな欠陥にできたコブ（動脈瘤）が破れて、くも膜の下に出血します。

- **血管が詰まる**
  - **脳梗塞**：脳の血管が詰まったり、狭くなったりして血流が悪くなります。
    - **脳血栓症**：脳の比較的太い血管が動脈硬化によって狭くなり、さらに血の塊によって少しずつ詰まります。あるいは、高血圧が原因で脳の細い血管が変性して、血管が詰まります。
    - **脳塞栓症**：脳の血管に、心臓などでできた血の塊が流れてきて、突然血管を塞ぎます。
    - **一過性脳虚血発作**：一時的に脳の血管が詰まりますが、すぐに血流が再開します。脳梗塞の前ぶれとして現れることがあります。

レギュラーによる介護の流れ

「ケーススタディ」

突然倒れた!!

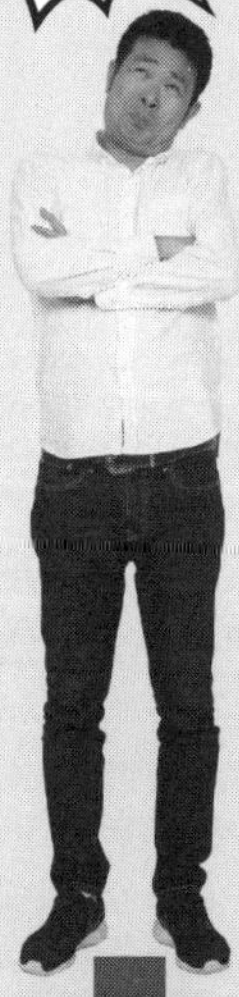

脳卒中の疑い

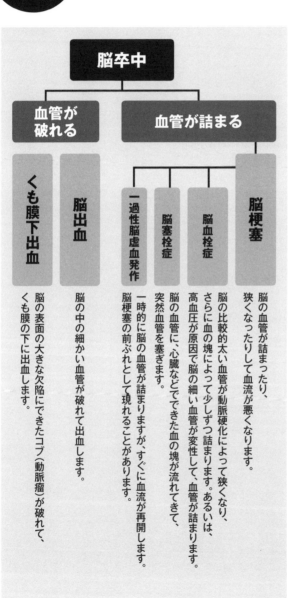

日本における脳卒中の現状と患者動向

- 脳卒中の患者数は、現在約150万人といわれ、毎年25万人以上が新たに発症していると推測されています
- 脳卒中は、がん、心臓病についで日本における死因の第三位となっています。
- 「寝たきりになる原因」の三割近くが脳卒中などの脳血管疾患です。
- 全医療費の一割近くが脳卒中診療に費やされています。
- 高齢者の激増や、糖尿病、高脂血症などの生活習慣病の増加により、脳卒中の患者は2020年には300万人を越すことが予想されています。

脳血管障害患者数

脳卒中の患者のうち、
日本では四分の三を「脳梗塞」が占めています。

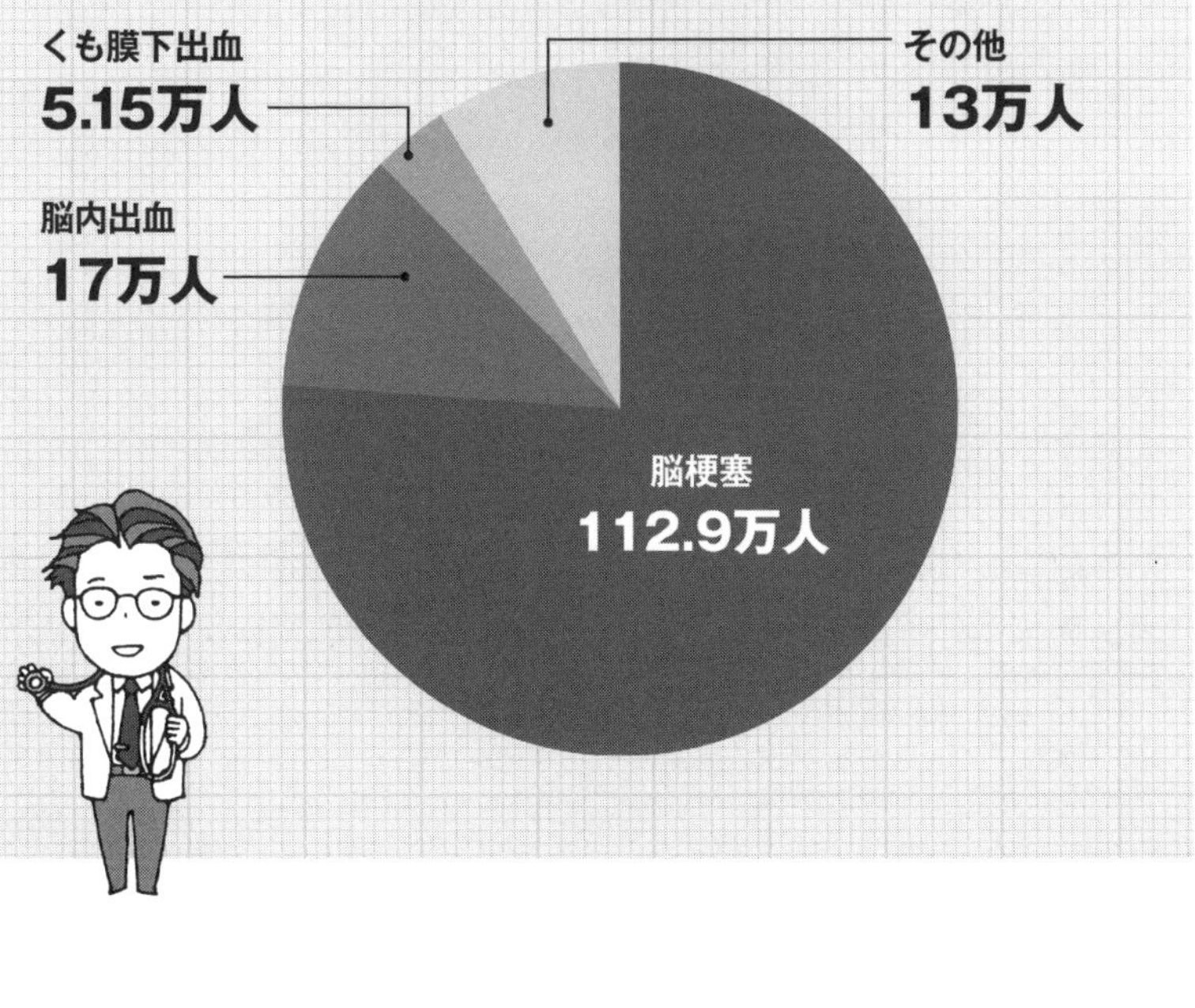
くも膜下出血
5.15万人
その他
13万人
脳内出血
17万人
脳梗塞
112.9万人

▶高齢者夫婦の介護

夫70歳、妻65歳。夫が脳梗塞で倒れ、要介護3。
遠方に住む西川くんには物理的にも経済的にも頼れない。

在宅

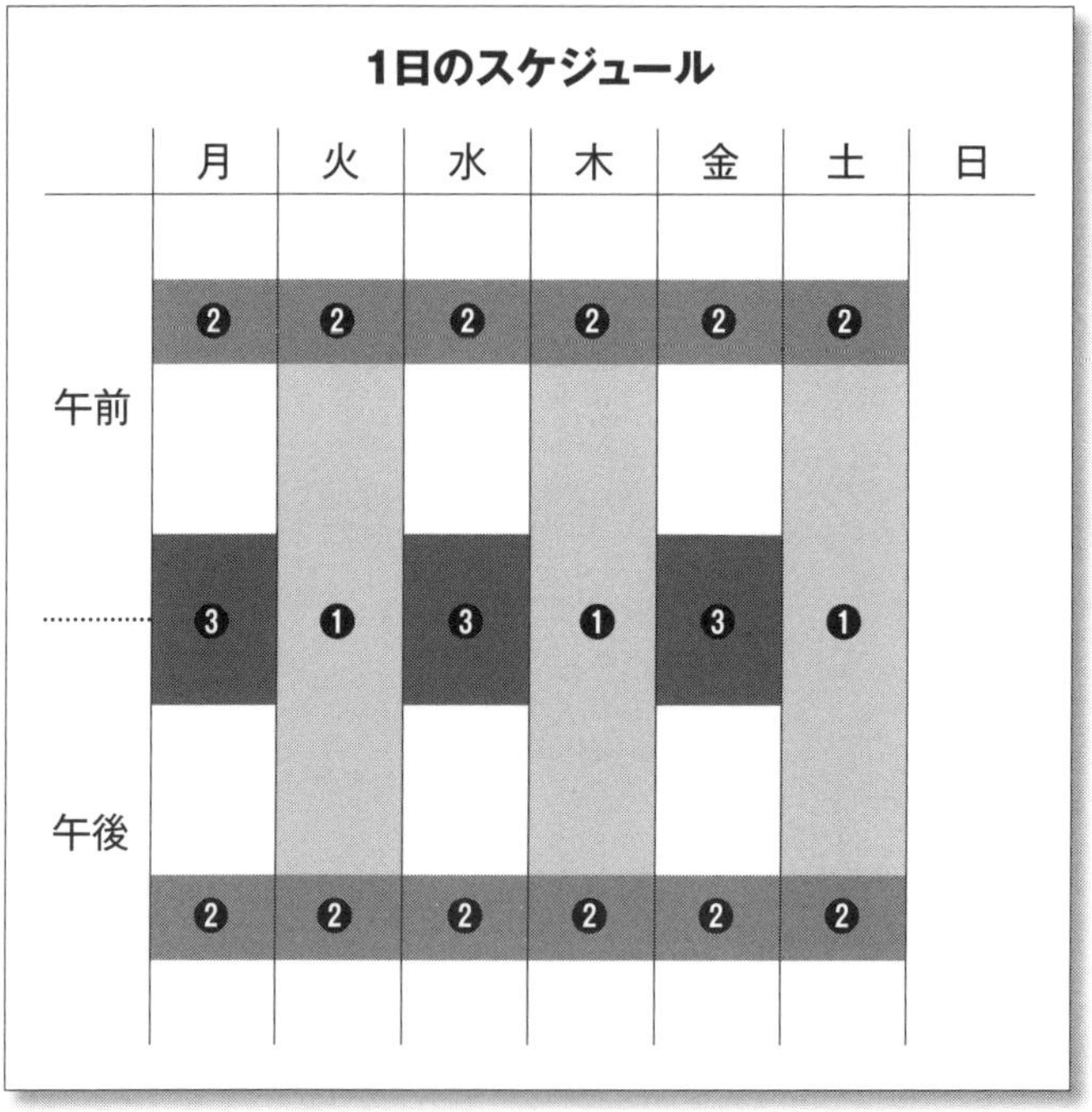
1日のスケジュール
月
火
水
木
金
土
日
午前
午後
2 2 2 2 2 2
3 1 3 1 3 1
2 2 2 2 2 2

❶デイサービス　❷訪問介護　❸配食サービス

●1ヵ月の自己負担額

介護保険	約**19,200**円
配食サービス （1食600円）	約**7,200**円
☆年間費用（12ヵ月）	約**316,800**円

※上記費用はあくまでも目安です。
場所や条件、施設の設備などによって、具体的な金額は異なります。

夫のみ特別養護老人ホームに入る

<table>
<tr><td rowspan="3">①月額</td><td>家賃</td><td rowspan="3">約110,000円</td><td>介護保険</td><td>約24,000円</td><td rowspan="3">②年額</td><td rowspan="3">約1,728,000円</td></tr>
<tr><td>管理費</td><td>介護保険外</td><td>約10,000円</td></tr>
<tr><td>食費</td><td>合計</td><td>約144,000円</td></tr>
</table>

特徴

1 社会福祉法人や地方自治体が運営する公的な施設。
2 65歳以上で要介護3 ～ 5の認定を受け、
自宅生活が困難、重度な方、緊急性の高い方の入居が優先される。
3 個室もあるが、相部屋になることが多い。

夫のみ介護付き有料老人ホームに入る（予算低めの場合）

<table>
<tr><td rowspan="3">①月額</td><td>家賃</td><td rowspan="3">約190,000円</td><td>介護保険</td><td>約26,000円</td><td rowspan="3">②年額</td><td rowspan="3">約2,952,000円
※別途、
入居一時金あり。</td></tr>
<tr><td>管理費</td><td>介護保険外</td><td>約30,000円</td></tr>
<tr><td>食費</td><td>合計</td><td>約246,000円</td></tr>
</table>

特徴

1 施設が充実している。
2 サービス環境も快適性のあるホームが多い。
3 医療ケアのニーズにも対応。

種類	入居一時金の相場	月額料金の相場
特別養護老人ホーム	0円	60,000 ～ 150,000円
介護老人保健施設	0円	90,000 ～ 120,000円
介護療養型医療施設	0円	90,000 ～ 170,000円
介護医療院	0円	80,000 ～ 140,000円
介護付き有料老人ホーム	0 ～数千万円	150,000 ～ 350,000円
ケアハウス（経費老人ホームC型）	数十万～数百万円	150,000 ～ 300,000円
グループホーム	0 ～数百万円	150,000 ～ 300,000円

ドクター笹岡まとめ

相談先もよく分からず、体調不良で救急車で搬送されるまで、介護予防や体調の管理が不十分な方が増えています。そこで今回のテキストが、もしもの時に備える道しるべになります。分かりやすく介護制度の仕組みと利用方法を理解できるように、レクリエーション介護士のレギュラーさんたちに、実体験を通して協力をしていただきました。介護は、全ての人に訪れることで、他人事ではありません。介護の相談先や仕組みを知っていることで、慌てずに生活をすることができます。

介護のきっかけは加齢に伴う老衰から、突然に身体機能が低下する脳卒中（脳梗塞、脳出血など）などの病気まで様々な原因があります。また、老衰は全ての人が齢を重ねるごとに感じる状態であり、ケガや病気ではなく全身の多臓器の機能低下により、徐々に生活機能が自然衰退することです。また、脳の機能が衰退すれ

ば認知症の症状に対する適切な生活環境が必要になり、筋骨格系の運動機能が衰退すれば身体の介助が必要になります。

認知症の症状には原因の病気によって様々な経過や症状がありますが、進行するに従い物忘れや判断能力が低下していきます。しかし、認知症の病状と本人の幸福度は別で、認知症と寄り添い笑顔あふれる毎日が送れる方法を知ることが大切です。私も、笑顔で出迎えてくれる患者さんに囲まれ、幸せのエネルギーをいただいています。また、介護が必要な方がそこにいるだけで、知恵を伝え、いのちの大切さを教える役割をお持ちです。

介護療養の仕方は様々で、自宅で療養をされる方から、介護施設や高齢者住宅に入居される方までいます。自分のライフスタイルに沿って、自らが望む暮らしの場所を選ぶことも楽しみの一つだと思います。そのためには、元気なうちから健康管理を意識して生活習慣を改善することが、健康寿命を伸ばし介護予防に繋がり、歳を積み重ねるたびに人生という山を楽しみながら降りていくコツになります。

介護は突然始まるから、
お金のこと含めて
ライフスタイルを
考えんとな
いよいよ
次ページは
実践編やで

第四章

レギュラーが体験する!!

しーの先生監修
「介護 これが出来たら ♥Happy♥」

介護対象のご本人も、ご家族も、
みんなHappyに過ごすために、
介護のポイントをお伝えします★

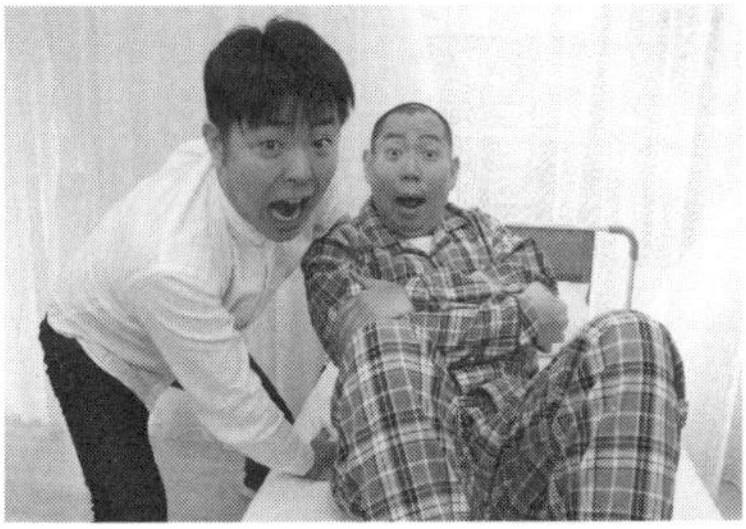

●松本さん
(利用者の
おじいさん)
●西川さん
(介助者)

初級 車いす／種類と押し方を知っておこう♥

中級 ベッドから車いすに移乗しよう♥

上級 ベッドから起き上がろう♥

【教材・場所】東京未来大学福祉保育専門学校　介護実習室

しーの先生(椎野紗綾香) Profile
東京未来大学福祉保育専門学校介護福祉科専任教員。まぁるいメガネと蝶ネクタイ、くるくるパーマがトレードマーク。同行援護事業所otomo執行役員

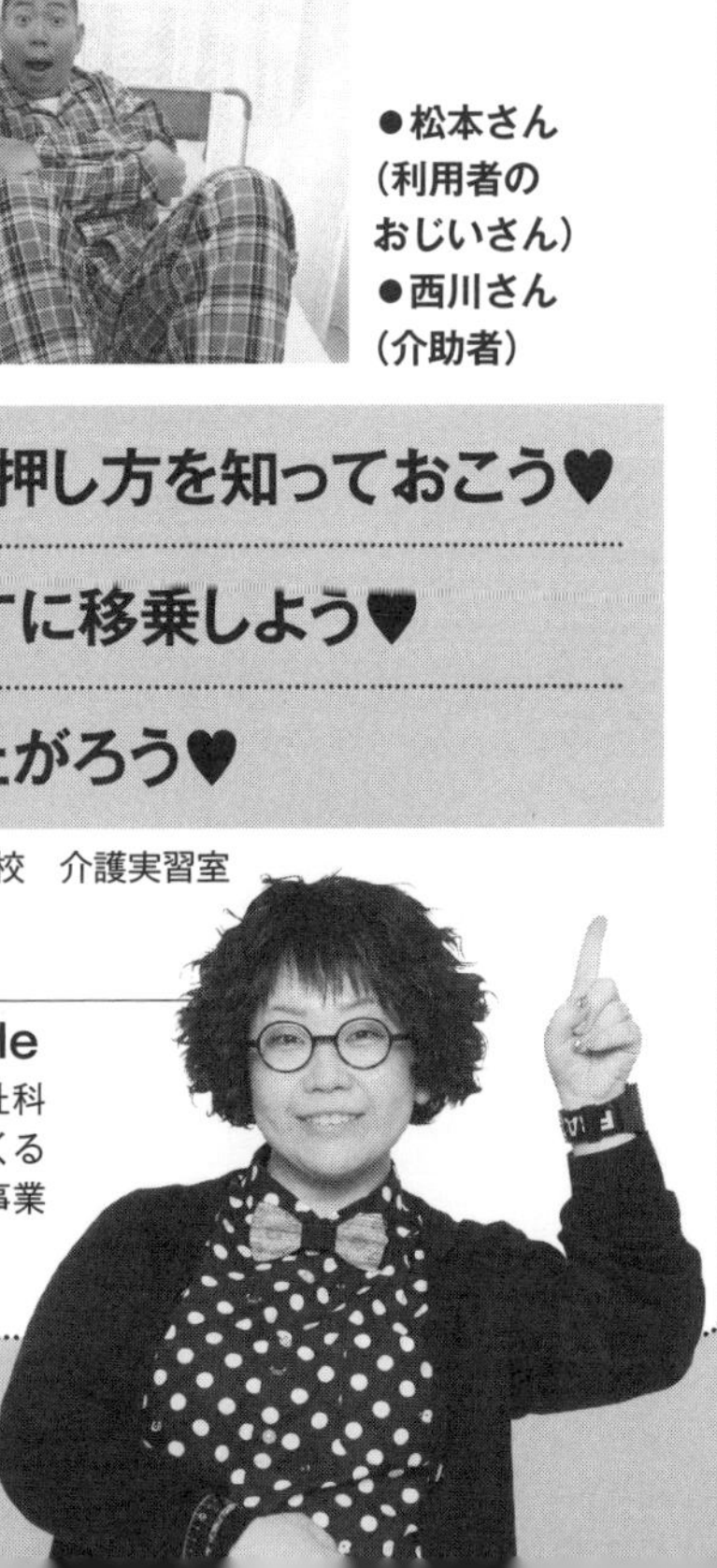

◎車いすを知っておこう♥

車いすは実はたくさんの種類があります。
一番多く使われているのは
この2種類で、利用する人に合わせて
選びます。

介助用車いす

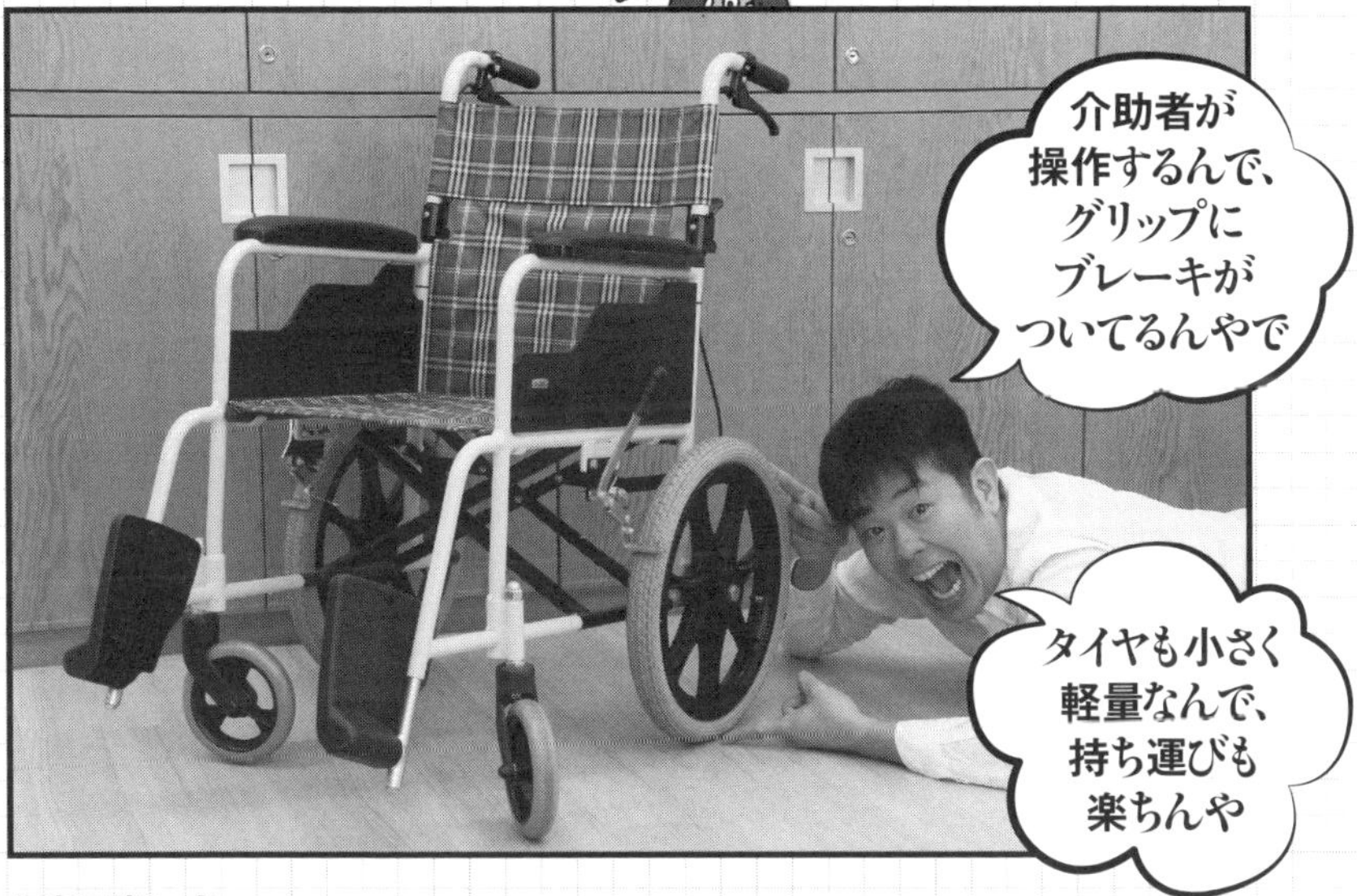
介助者が操作するんで、グリップにブレーキがついてるんやで
タイヤも小さく軽量なんで、持ち運びも楽ちんや

自走用車いす

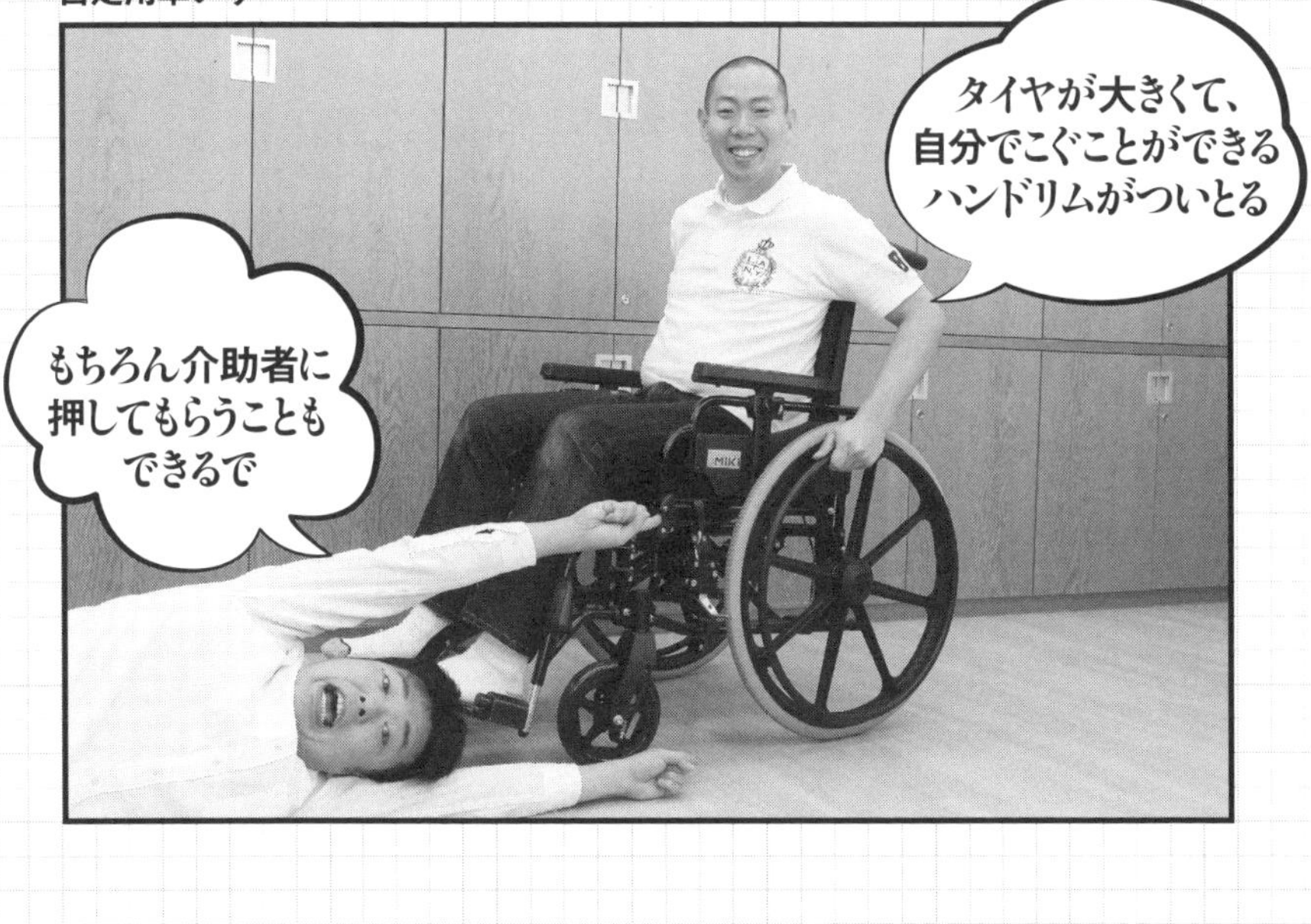
タイヤが大きくて、自分でこぐことができるハンドリムがついとる
もちろん介助者に押してもらうこともできるで

◎いすの押し方を知っておこう♥

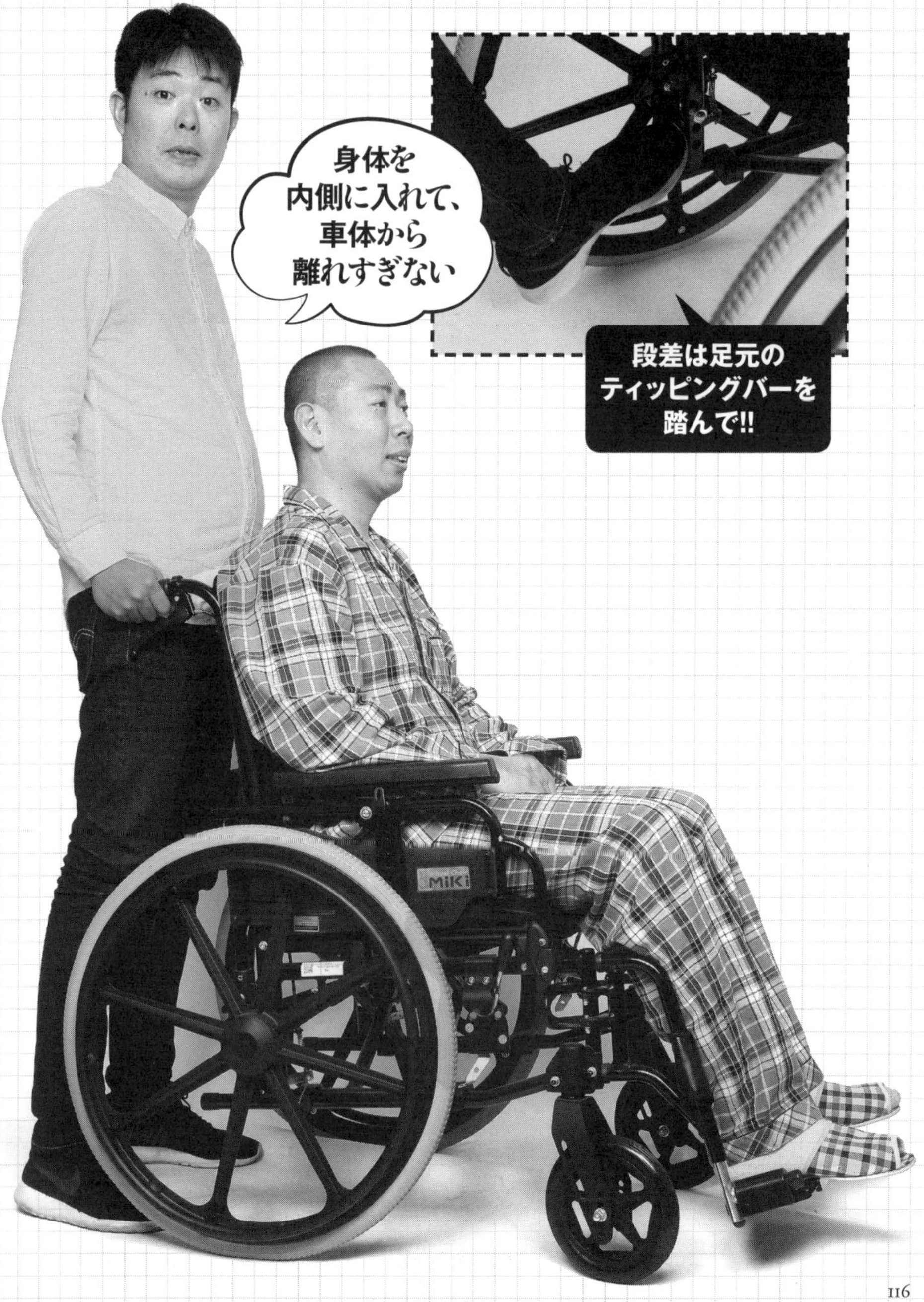
身体を
内側に入れて、
車体から
離れすぎない
段差は足元の
ティッピングバーを
踏んで!!
MiKi

◎ベッドから車いすに移乗しよう♥

左手足を動かしたり、
支えたりすることが
できる場合。

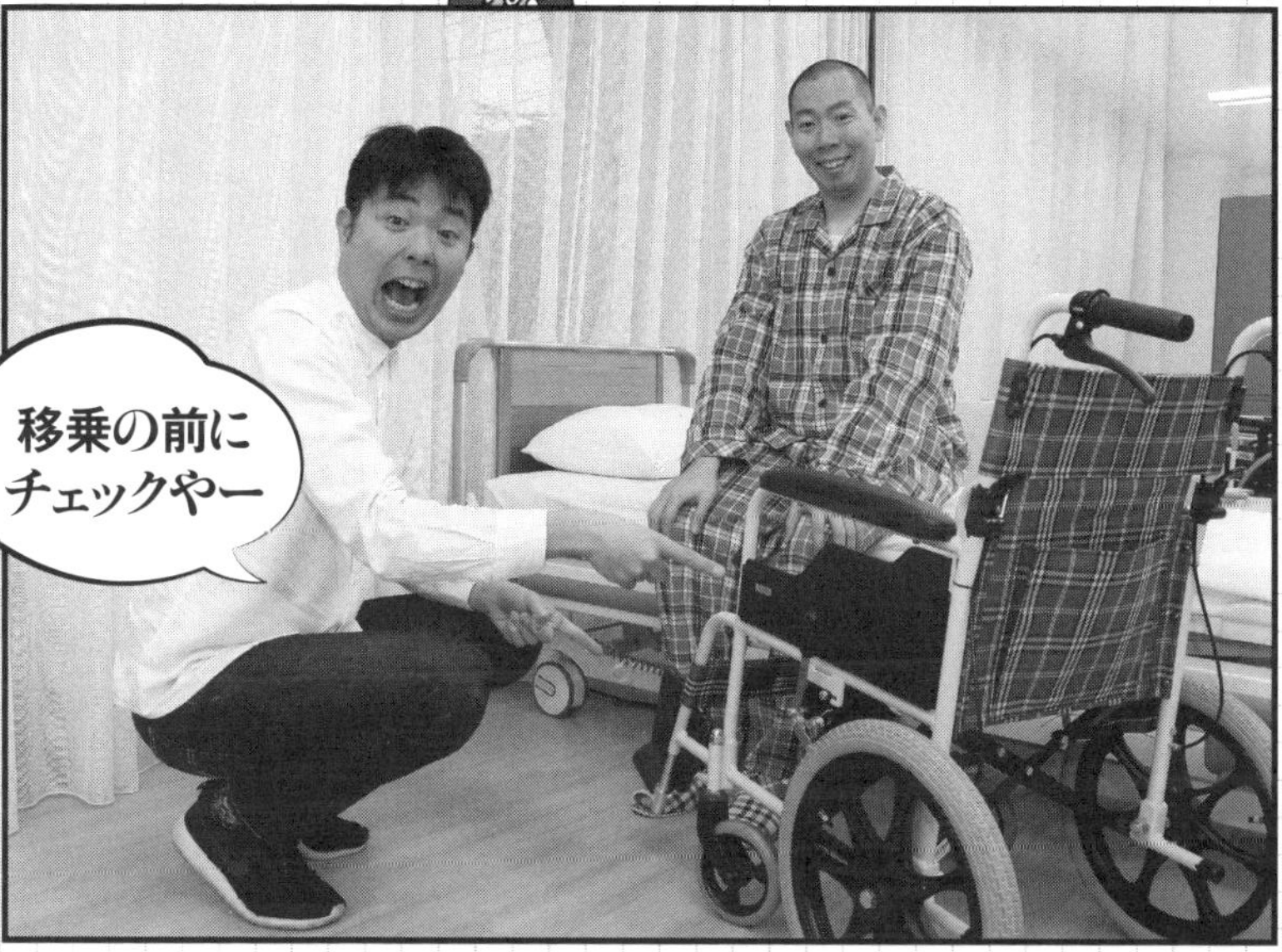
移乗の前に
チェックやー

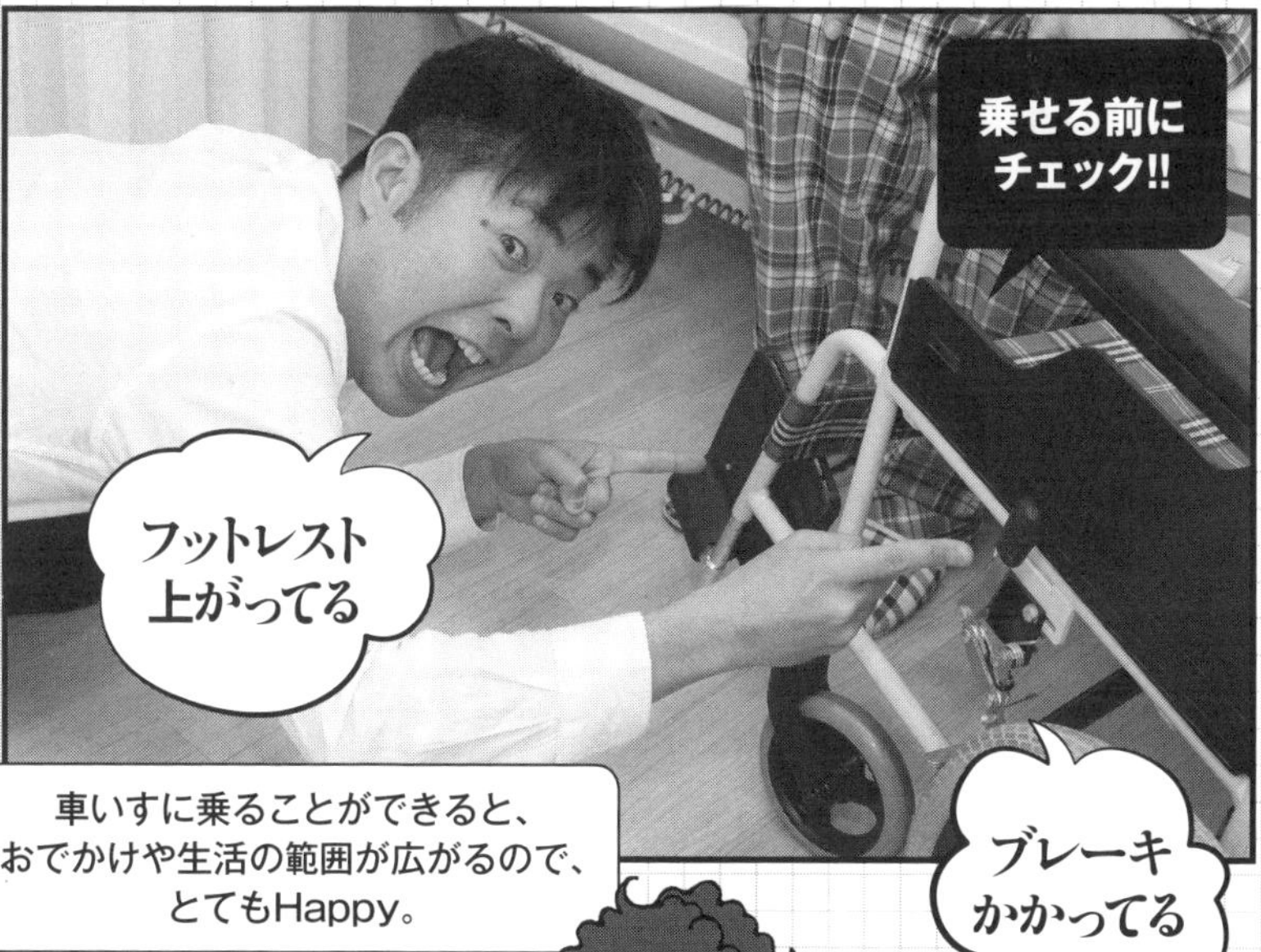
乗せる前に
チェック!!
フットレスト
上がってる
ブレーキ
かかってる

車いすに乗ることができると、
おでかけや生活の範囲が広がるので、
とてもHappy。

親指
POINT 介助者の手は、下から添えると自然でやさしく感じます。
POINT つかまる手の向きはとても大事。自然な動きを妨げない向きが◎。
この向きで捕まってもらう
これで行けるでー

車いすへの移乗

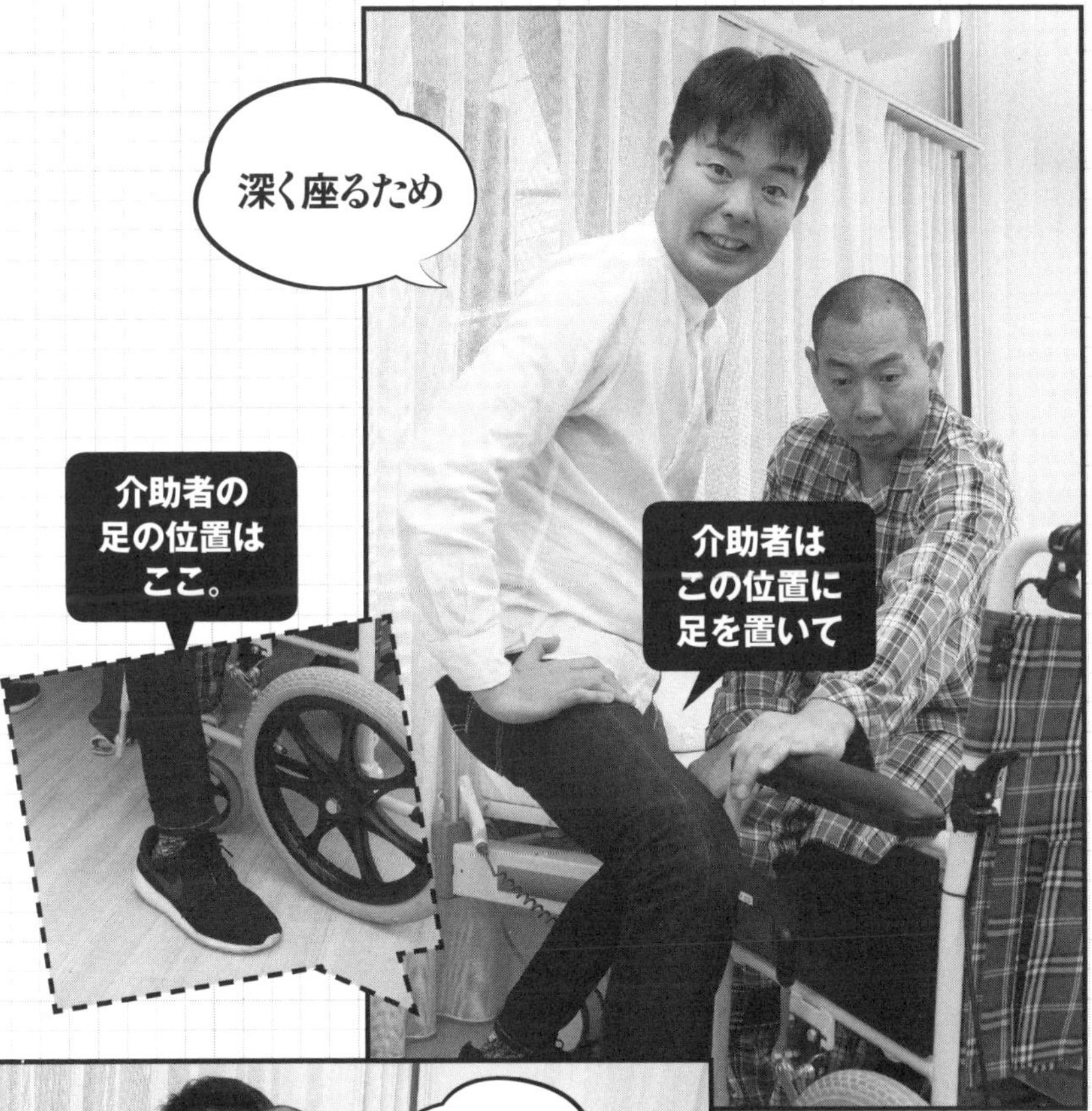
深く座るため
介助者の足の位置はここ。
介助者はこの位置に足を置いて

いくぞ
松本さんは行く方向を向いて

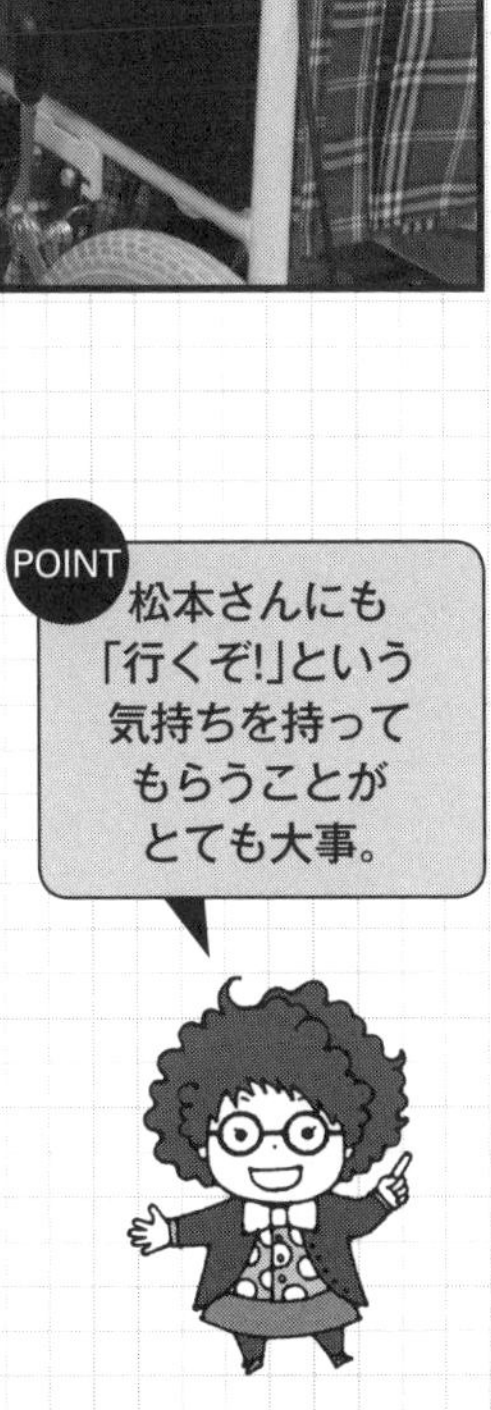
POINT
松本さんにも「行くぞ!」という気持ちを持ってもらうことがとても大事。

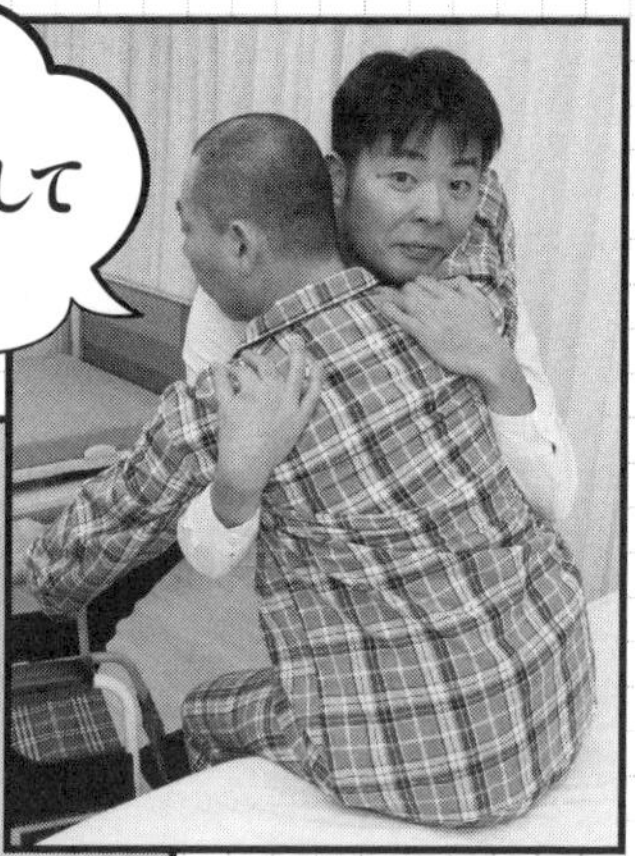
ギュッとして

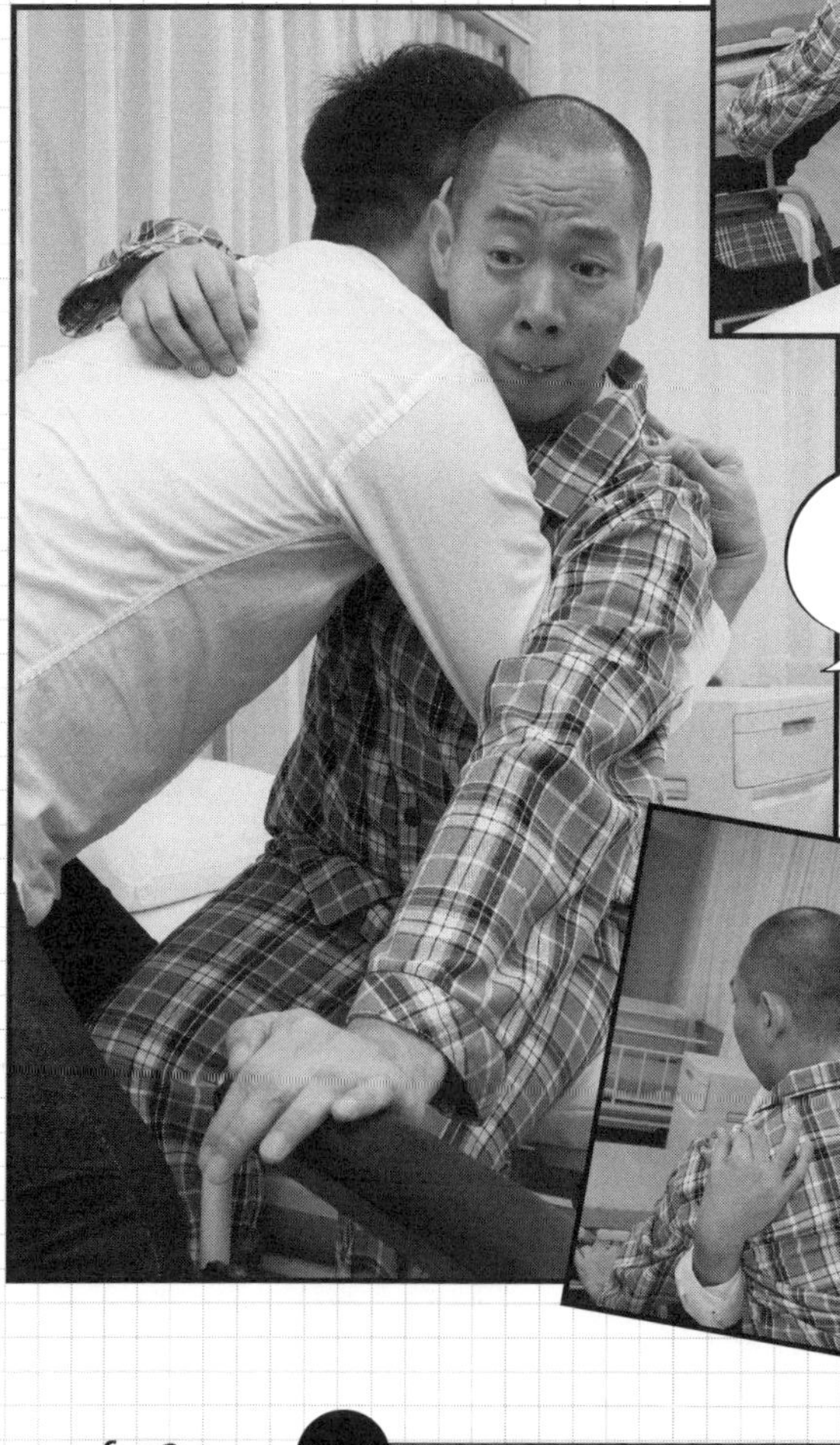
自分の腕に
力を入れて
いくぞー

POINT

西川さんは前に引くようにして
松本さんに立ち上がってもらい、
回転して車いすの前に立ちます。
松本さんが前かがみになれるように座ってもらいます。
※すべての行動の前に声をかけてくださいね。

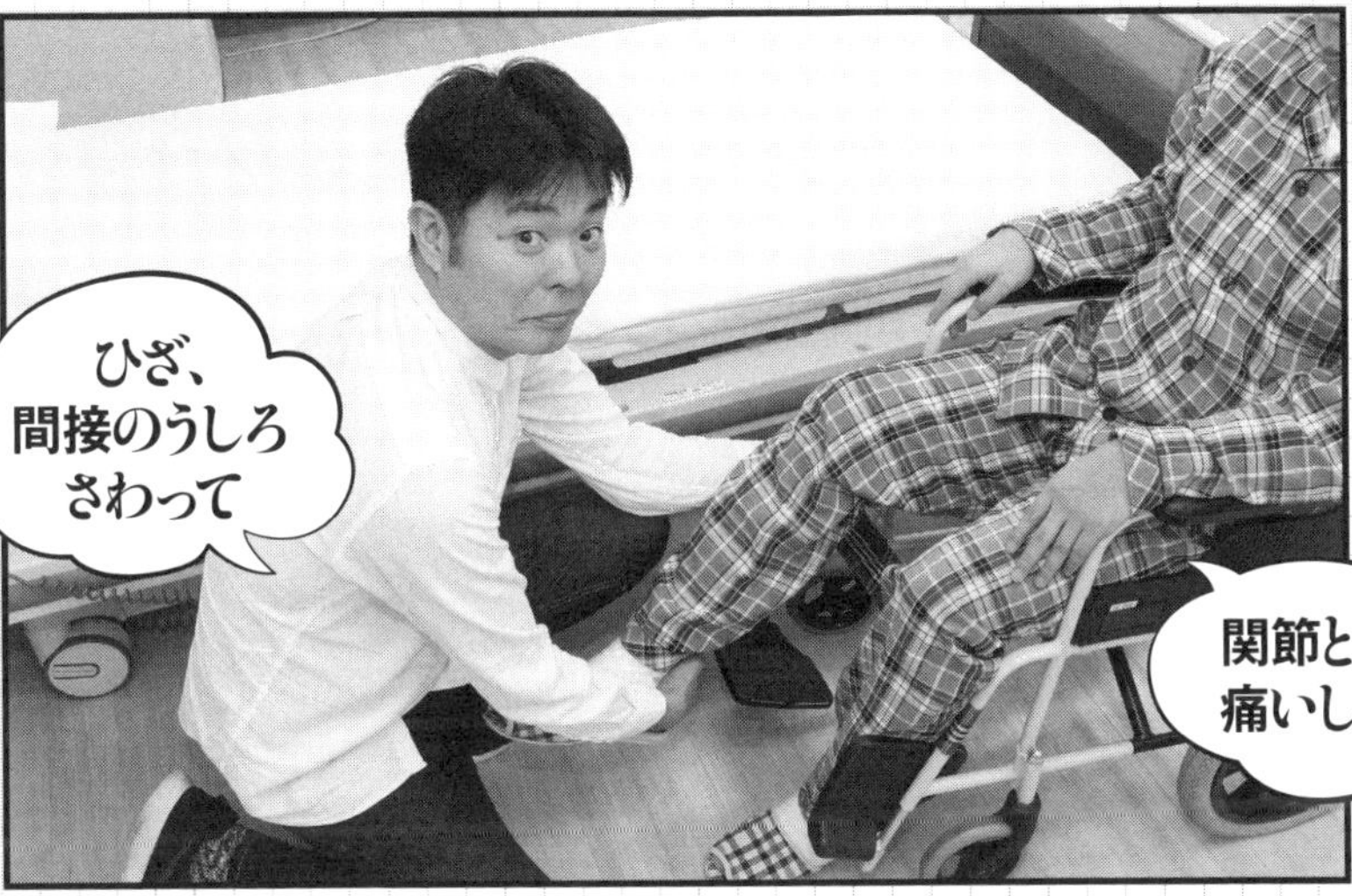

POINT
自然な関節の動きを
そっとサポートできると◎。

◎ベッドから起き上がろう♥

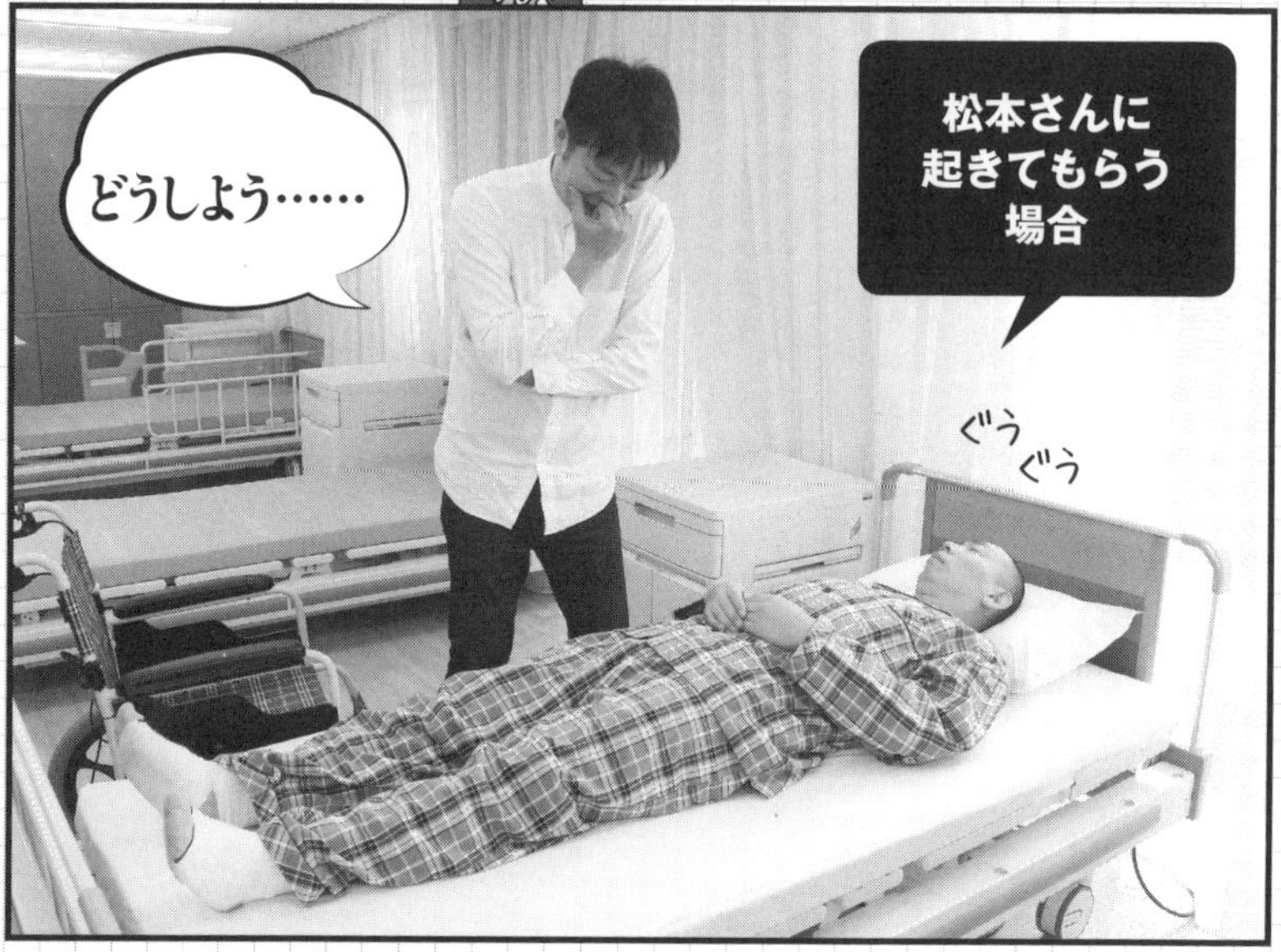

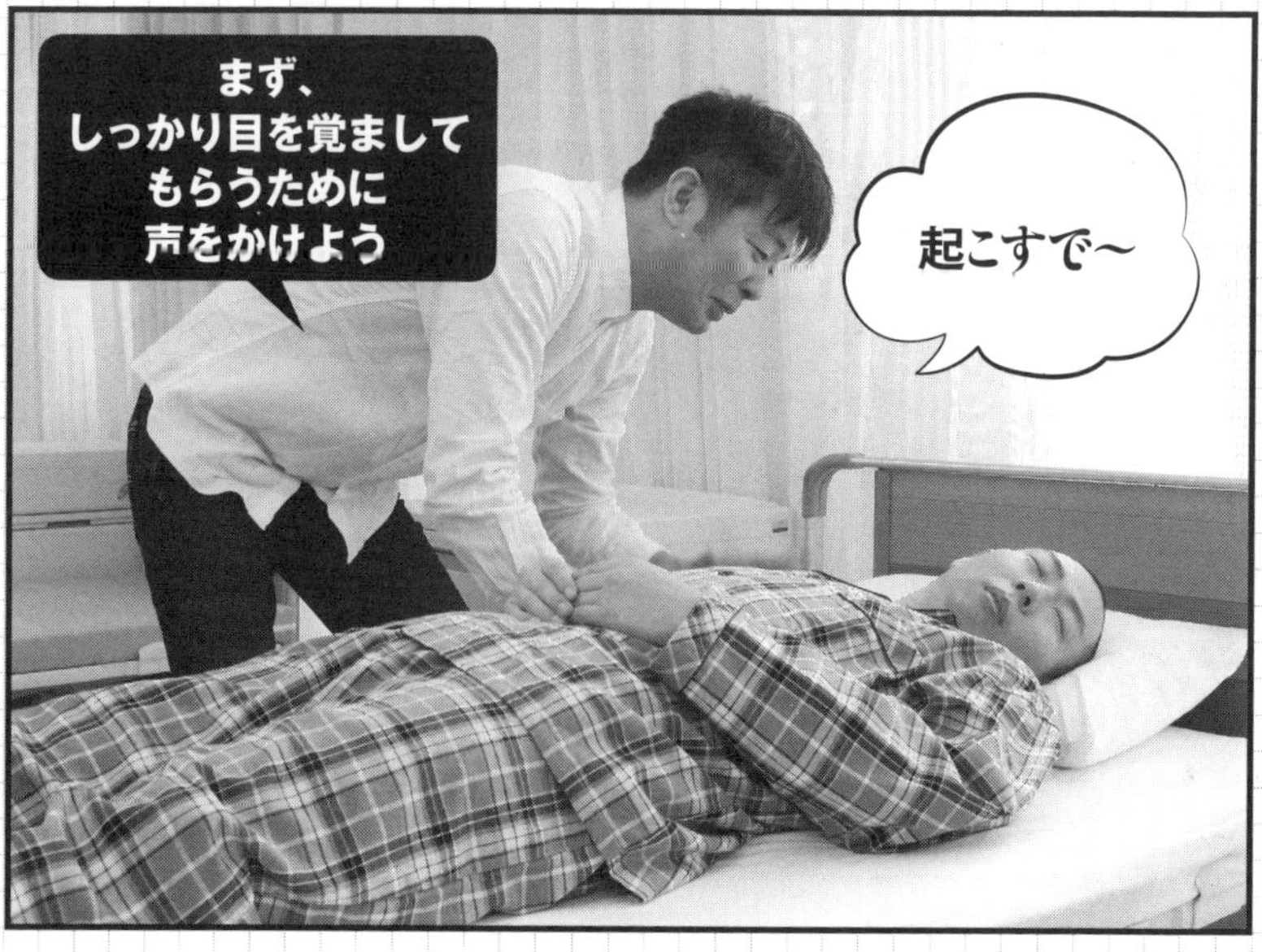

✕ 声をかけずに やってしまうと……。

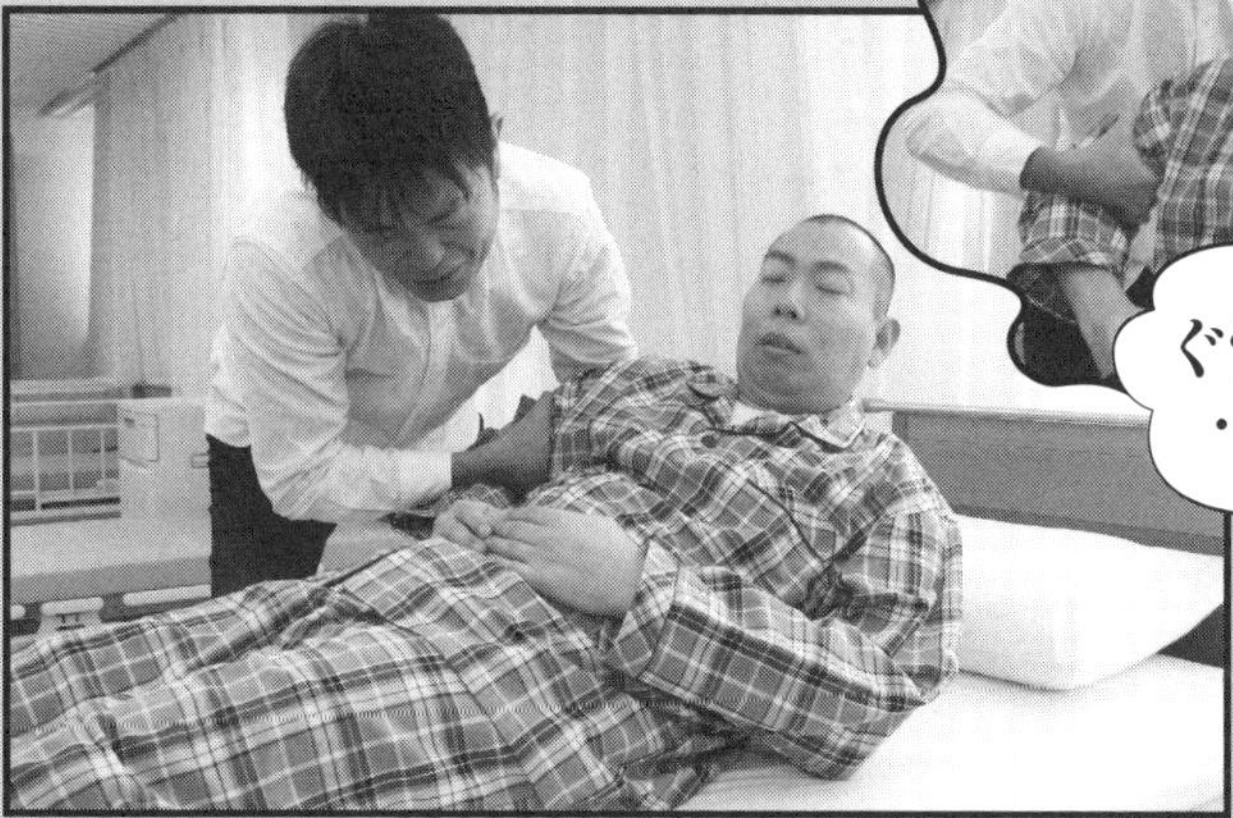

●協力できない・力がしっかり入りきらない。

○ 伝わるように 声をかける。

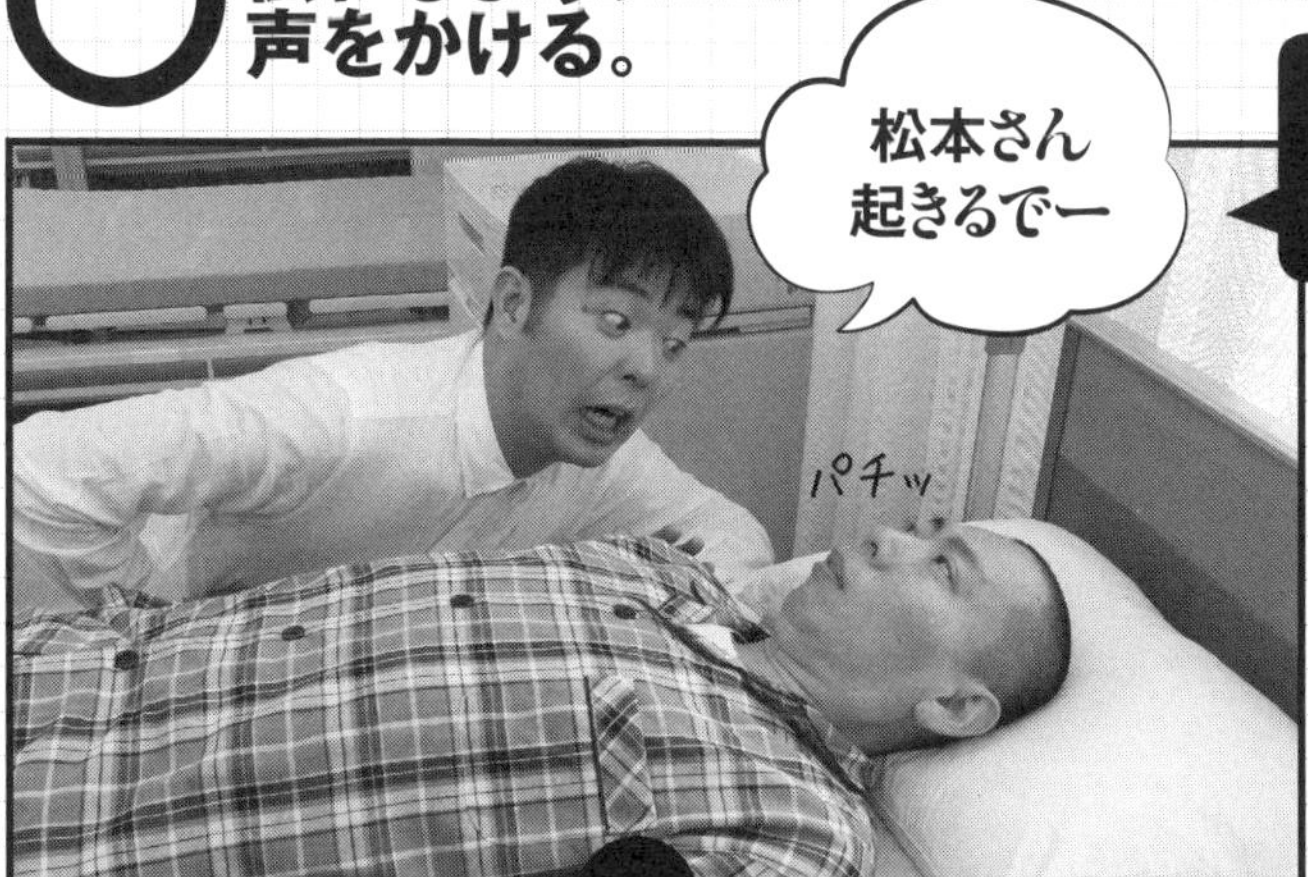

名前を
呼ぶと
もっと◎

●協力してもらうのが大事。

POINT
介護は「やってあげる」のではなく、
できるだけご本人にやってもらうようにして、
難しい部分をサポートします。ですので、
これから行うことを必ず「説明」して、
「同意」を得て、松本さんの意思で
動いてもらうことが大事です。

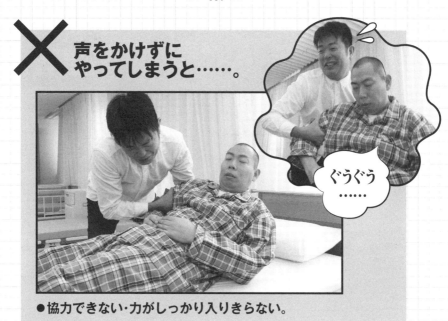

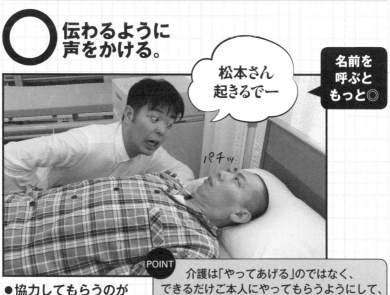

自分のひざを使って
起きられる人は、
自分の身体を支えられるように、
手を組まない方法もあります。

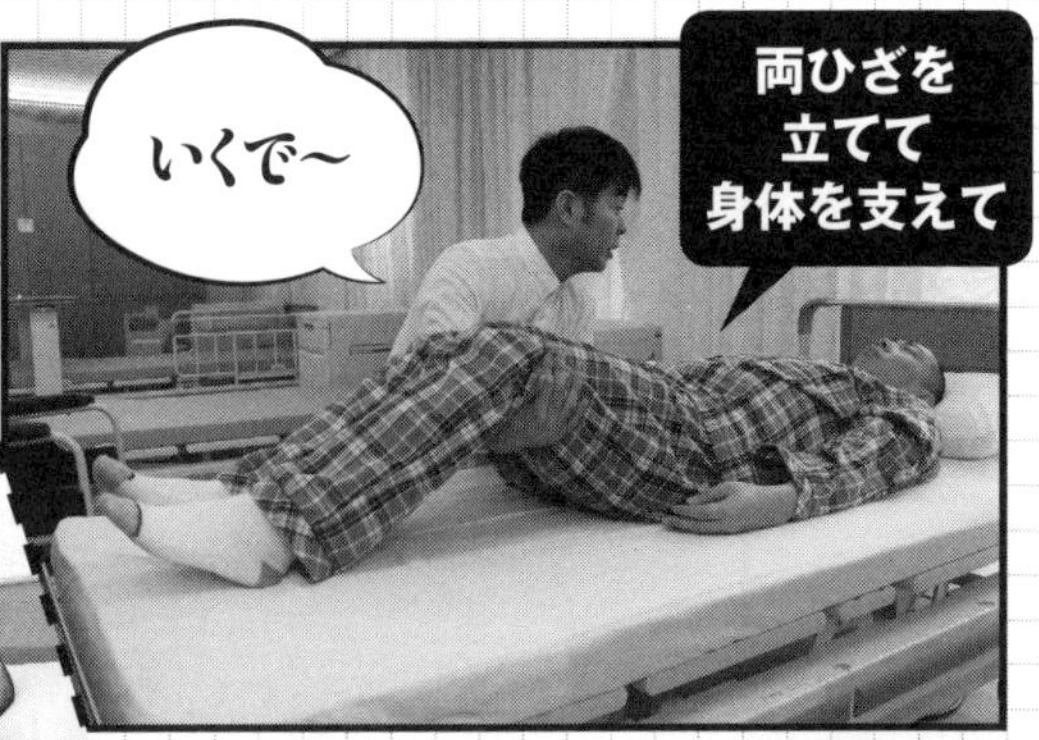

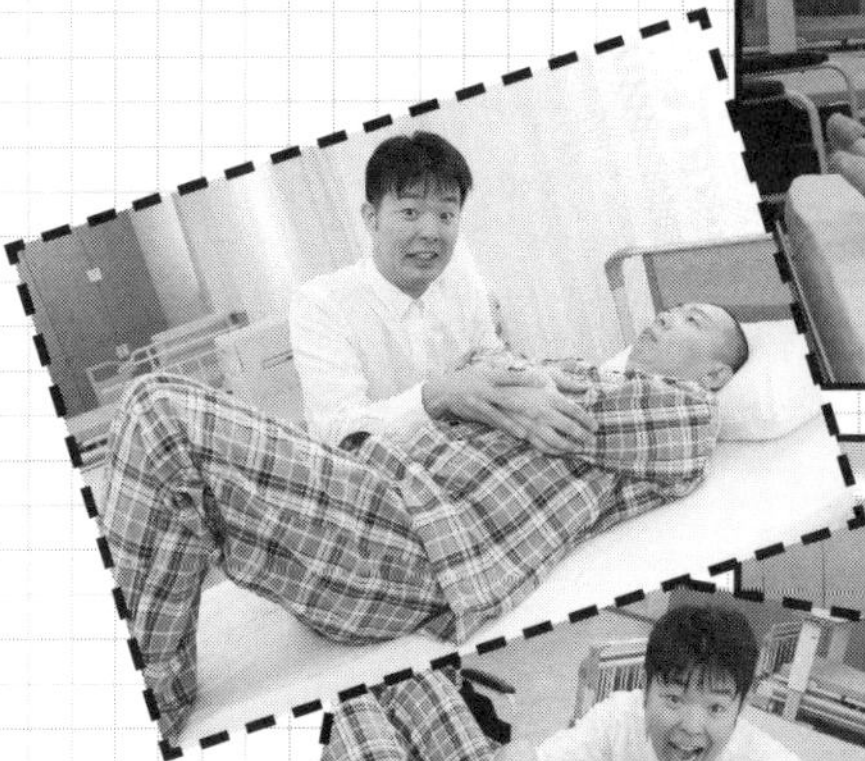

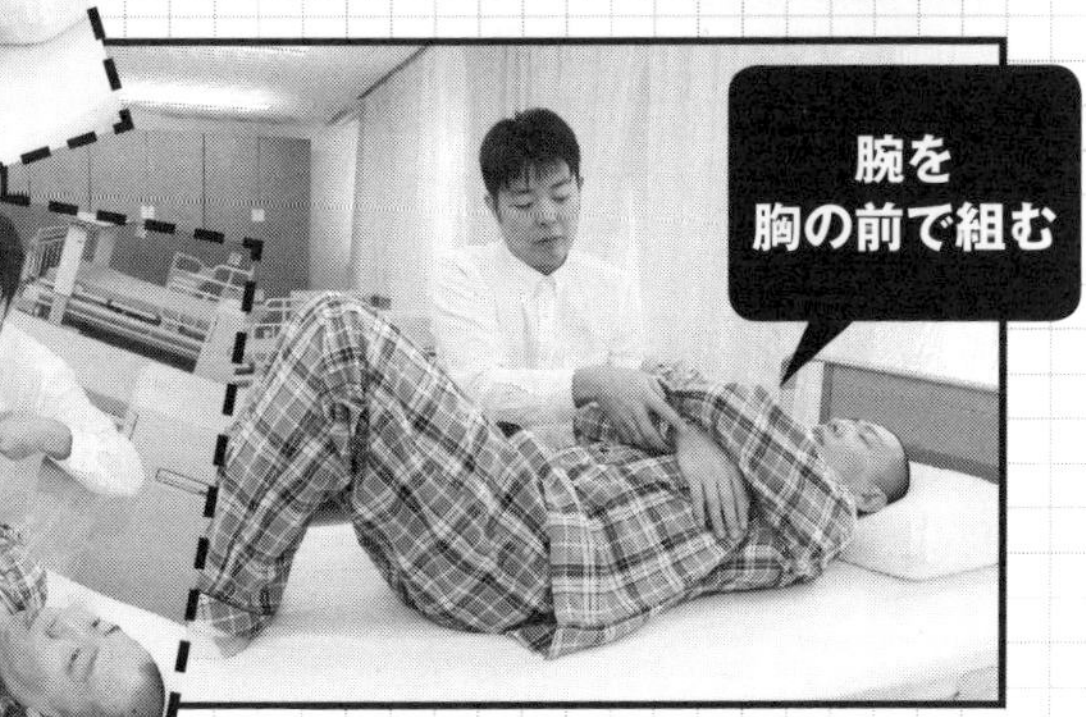

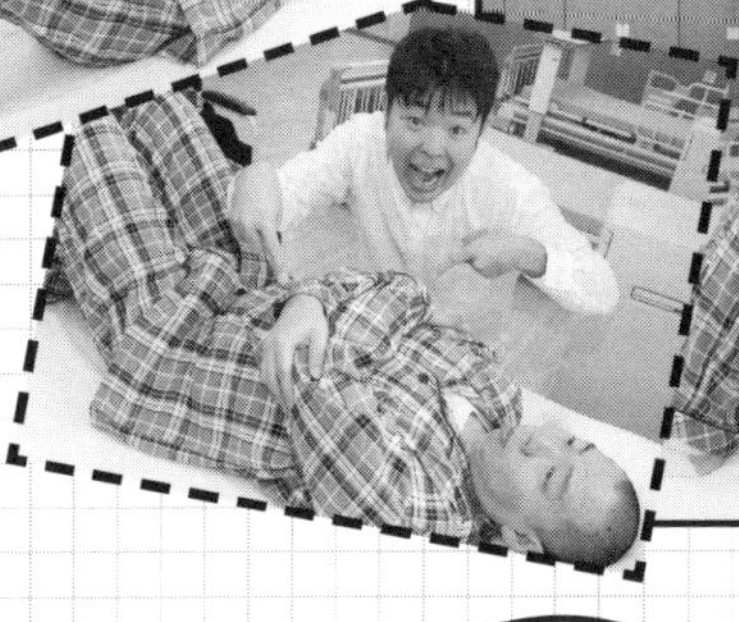

ベッドの高さを
西川さんに合わせて
高くしてもいいけど、
この後、起きるので、
この時は低くしています。

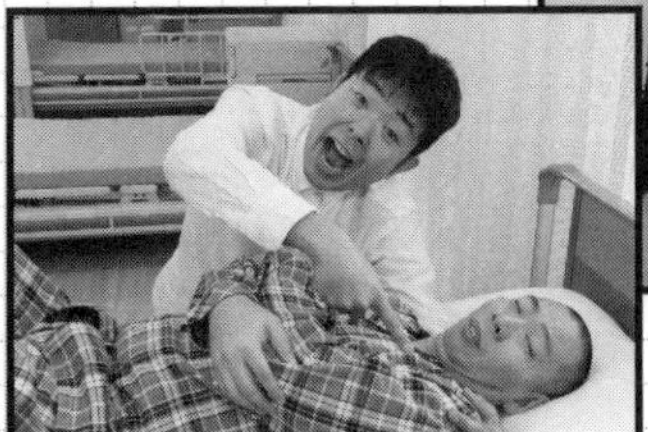

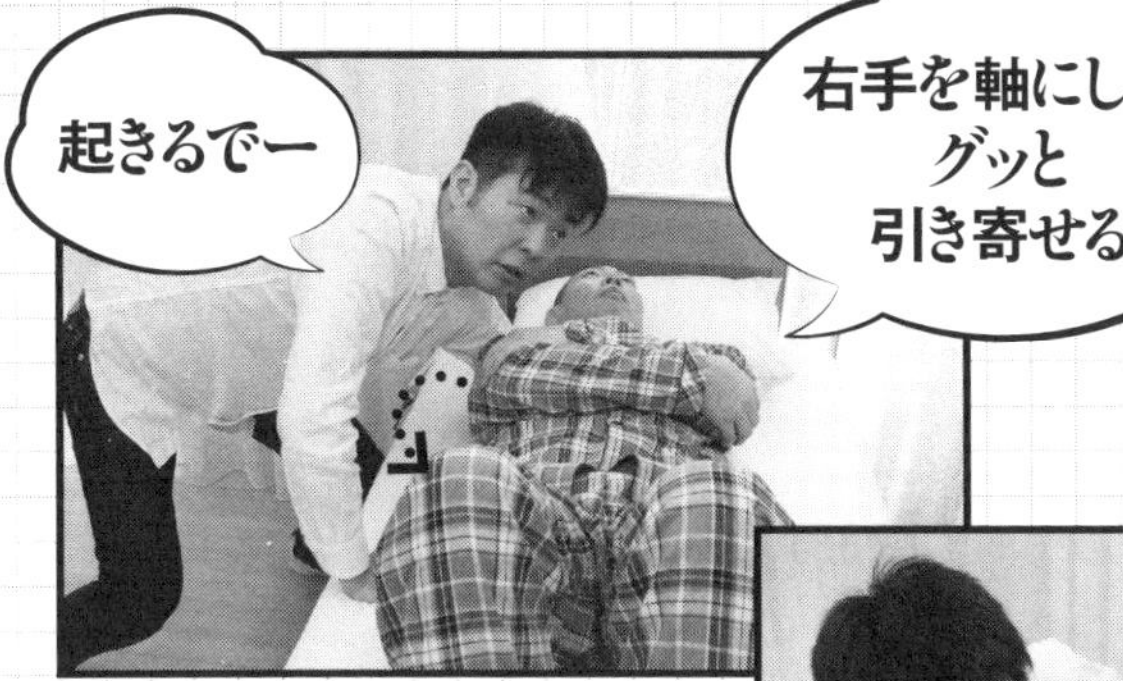

一度足を伸ばして、
ベッドの上に座る方法と、
起き上がる＋半回転で
いっぺんに足を下ろして座る方法もあります。

西川さんの腕は下から抱える方法と
足の上から手前に引く方法もあります。

ベッドから椅子に移動するためには、
足の裏（足底）が床にしっかりついて、
立ち上がる時に力が入るように
なっていることが必要です。

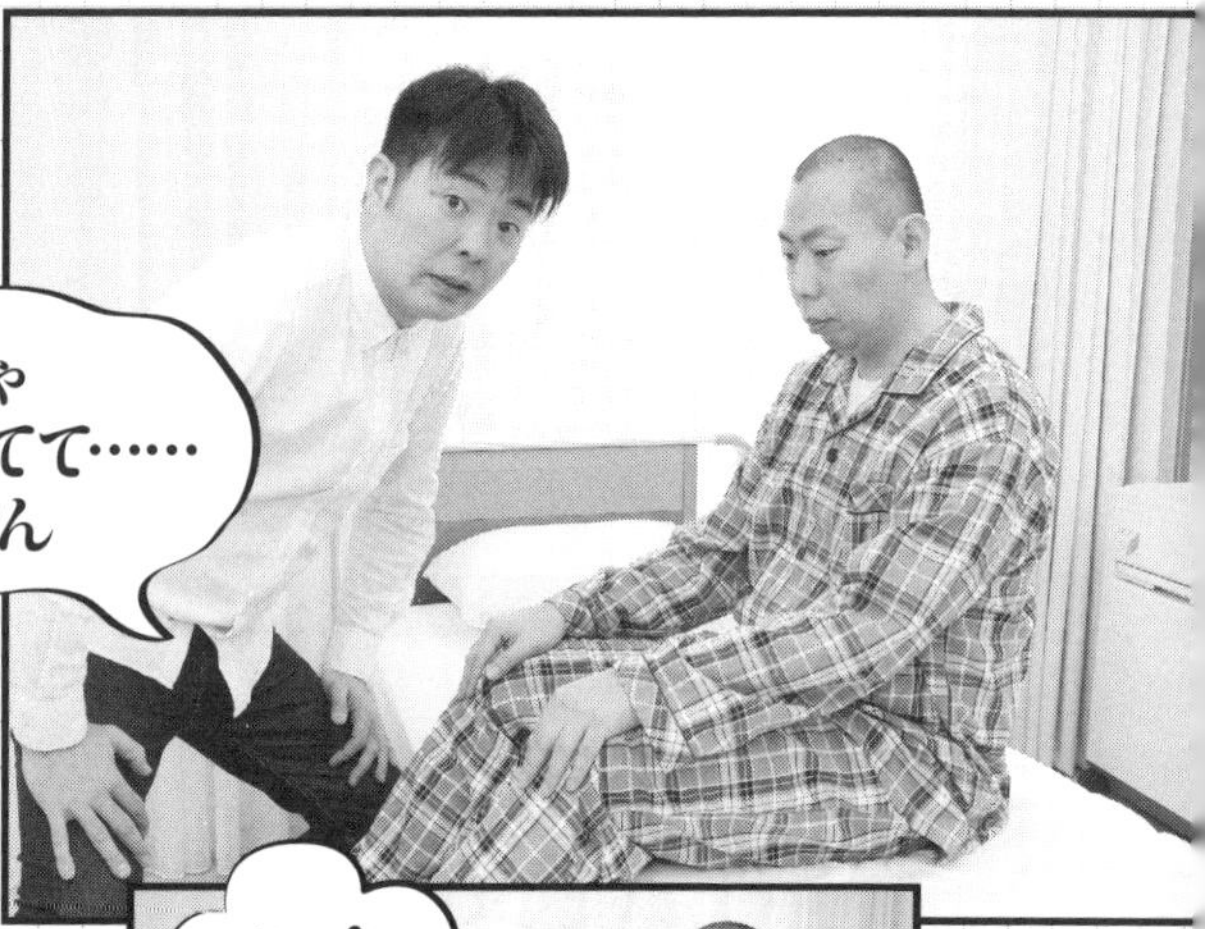

力任せに引っ張ると……
お尻はとても重く感じます。

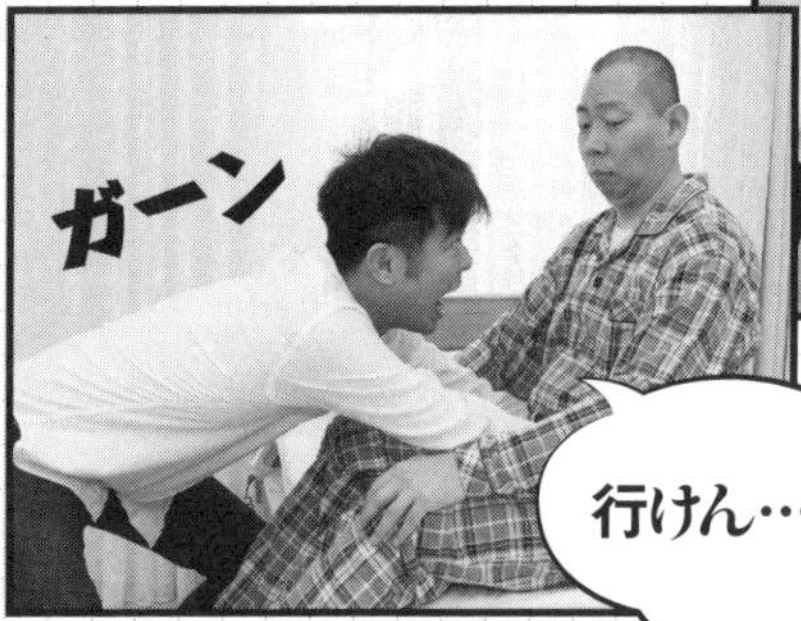

足を軸に、ベッドに向けて力を入れて

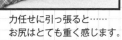

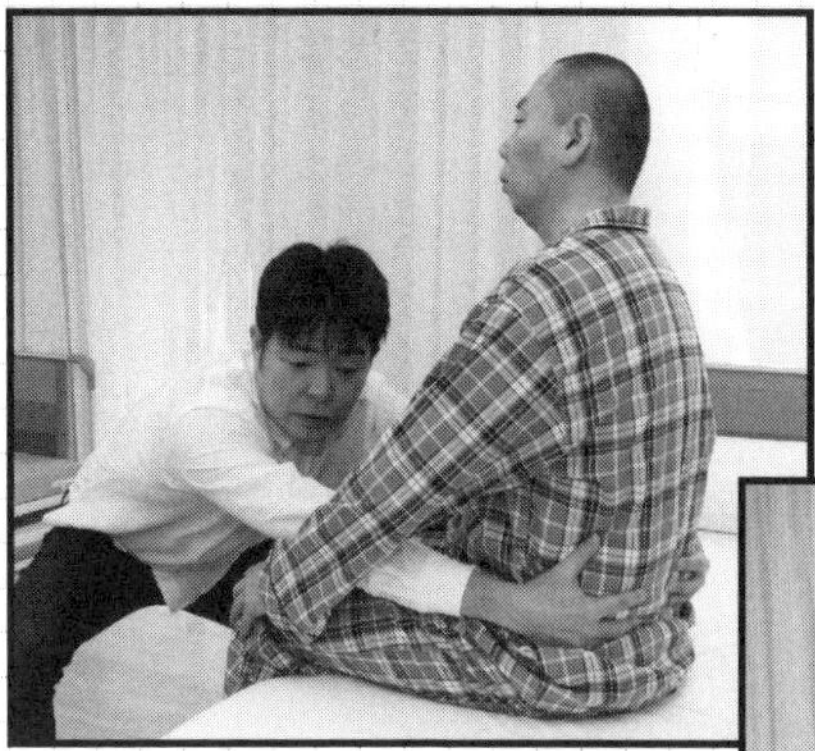

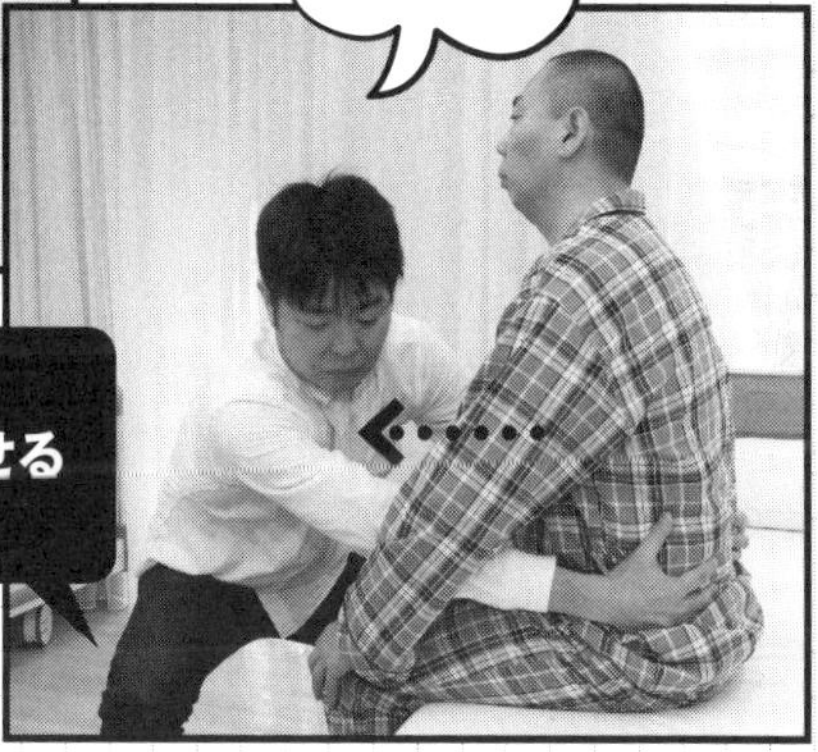
引くでー
引き寄せる

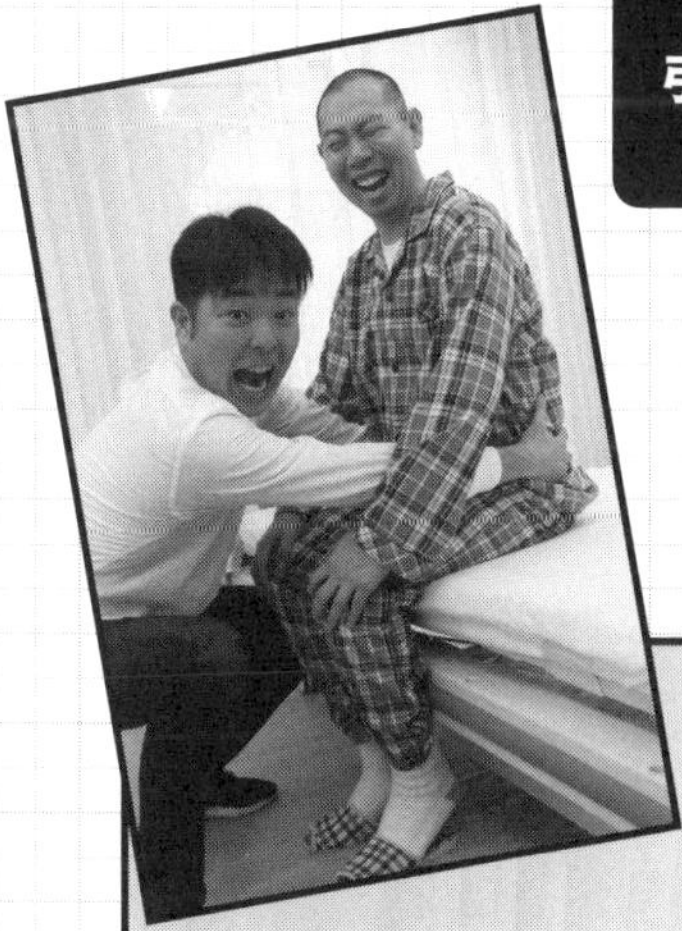

キター――
POINT
コツをつかめば、
とってもスムーズです。

番外編◎施設など様々なサービスを利用しよう♥

様々な介護サービスを利用することで、
Happyな生活を継続することも可能です。
介護のサービスはお風呂の設備も充実しています。

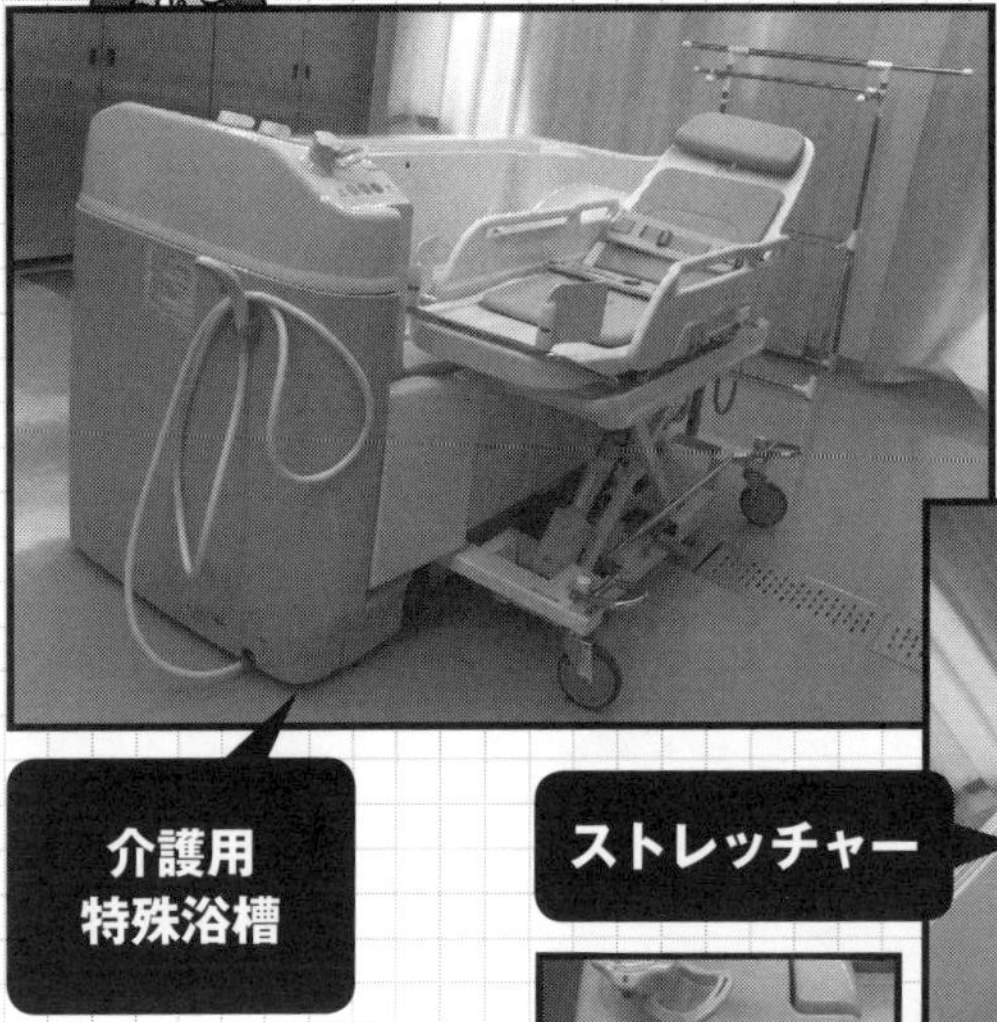
介護用
特殊浴槽

◎特殊浴槽を見学♥

一番多く利用されているのは、
デイサービスなどのお風呂!!
今回は普段なかなか
見られない
特殊浴槽を
見てきました。

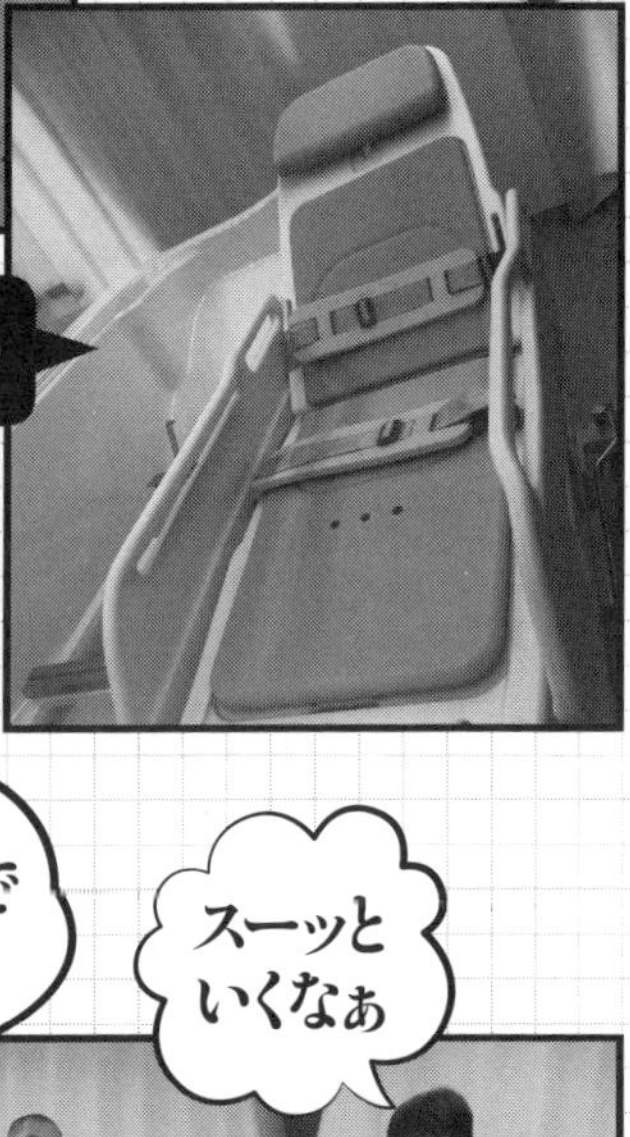
ストレッチャー

へー
スイスイやん
ボタンだけで
入れるん
スライドで移動

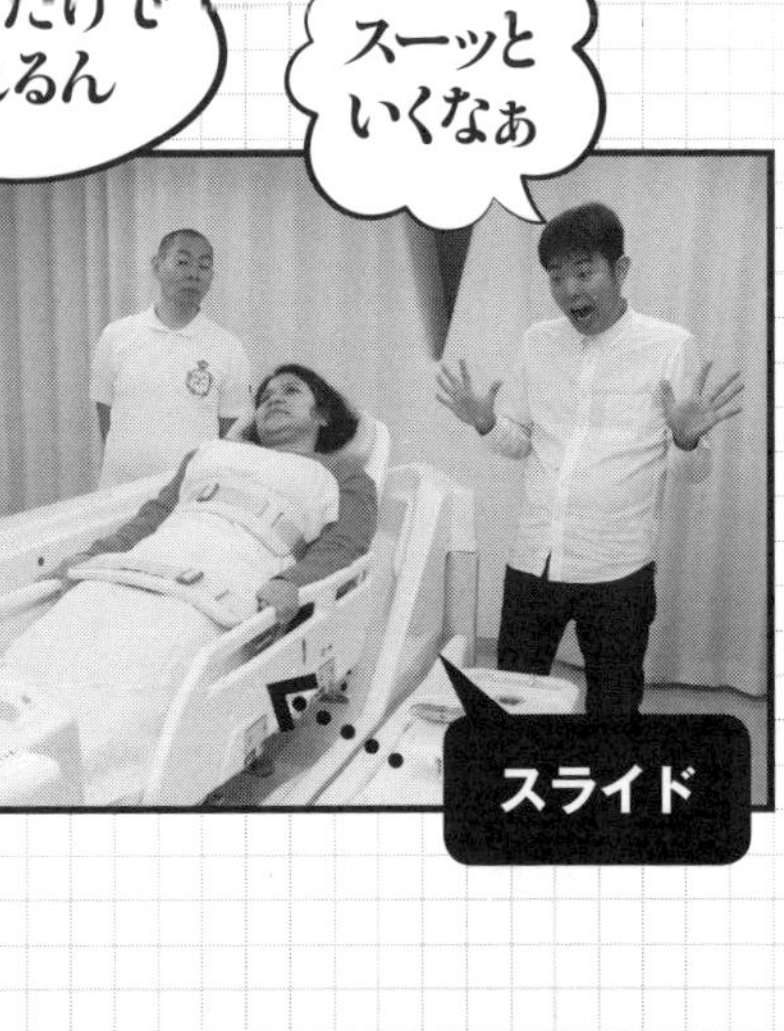
スーッと
いくなぁ
スライド

◎自助具を使ってみよう♥

介護の道具は
「自助具」といって、
様々な種類があります。
たくさんの自助具の
中からピッタリ♡の
ものを見つけて、
これまで通りのことを
できるようにします。

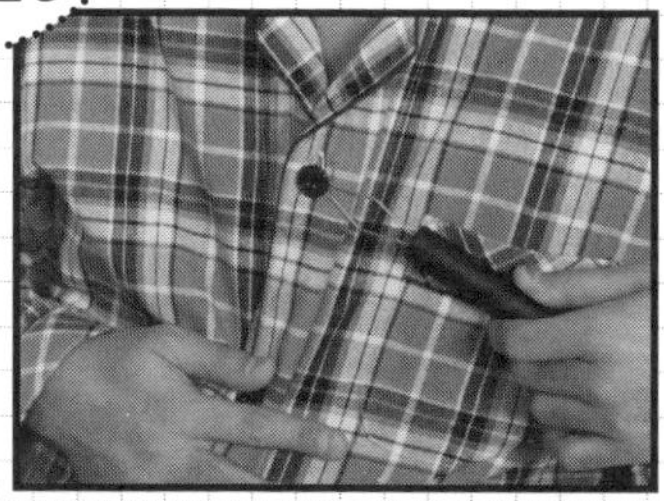

ボタンの穴に針金部分を通して、ボタンをすくうように針金部分にはめ込みます。

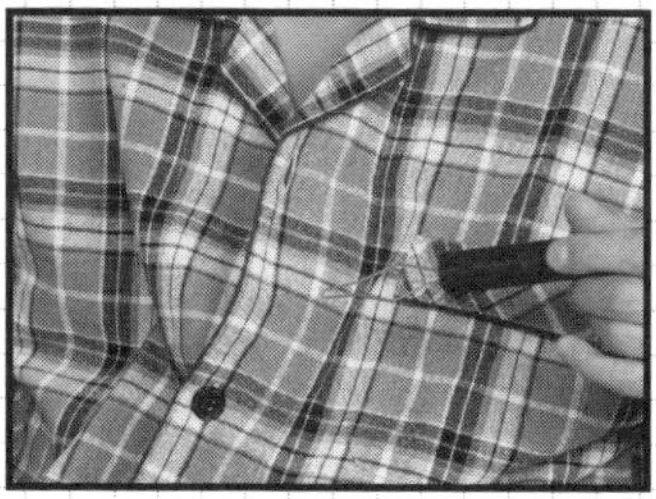

そのまま引っぱり、ボタンの穴に通します。

POINT

なかなかボタンを
通すためだけに
道具を使うことは
少ないように感じますが、
「自分で今まで通りできる」
ように、
介助しすぎないことが
未来につながりますよ。

番外編◎ボディメカニクスで身体を上手に使おう♥

介護は「腰がツラい」とか、
「重い」というイメージがありますよね。
身体の使い方、ボディメカニクスを身に着けると、
相手も自分も身体に負担をかけずに
介護を続けることができますよ。

荷物

重さや形を考えて、
腕や腰で抱えるのではなく、
身体全体で支えるようにして
持ちます。

**身体に
つけると軽い**

**腕を伸ばして
身体から
離したら重い**

立ち上がり

**身体のしくみと
しては……**

POINT

立ってほしい時は
P120のように
上に引っ張り上げるのではなく、
前に引くように起こす。

**前から
押さえると
立てない**

**上から
押さえても
立てる**

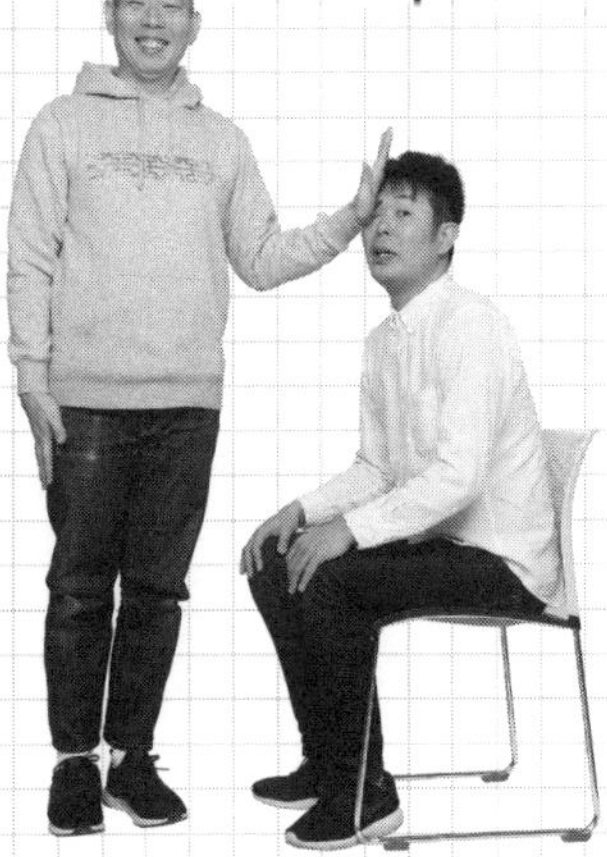

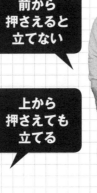

身体の負担を減らす足の開き方

足を縦に開くと……

介護者も介護の対象者も、
足の位置はチョー大事。
足を横に広げると、
前後の体重移動には弱く、
足を前後に広げると、
前後の体重移動の際にも
グッと力を入れることが可能です。
どこに体重をかけるのか、
これからどこに向かうのかによって、
足の位置や広げ方を変えるだけで
身体への負担が大きく変わります。

力が入って
強い!!

足を横に開くと……

前後の動きに
弱いやね

POINT
実は
チョー大事!!

しーの先生まとめ

介護対象の人の多くはこれまでできていたことができなくなってしょんぼりしたり、諦めたりしてるように思います。その時、そばにいる人に頼ったり、逆に頼らずに強がったり、遠慮するのは自然なことですよね。

私は介護福祉士を養成する学校で先生として働いていて授業することが大好きで、学生と一緒に資格や仕事に前向きに取り組んでいます。私は先生で偉いわけじゃなくて、知らない人よりはきっと（笑）介護に詳しくて、だから私の知ってる介護を知りたい人に伝えていて。介護って資格があってもなくても「誰がやってもいい」ところが私は大好きです♡　介護を受ける人がこれまでの生活をできるだけ続けられるように、資格のある人は「勉強したよ、だから知らない人よりはちょっとできるから頼ってね」とか「困ったら力になるよ」「こうやるとうま

くいくよ」って発信できる。そうあってほしいと思っています。資格を軽視しているわけではなくて、勉強した証が資格で。介護は誰がやってもいいものですよね♪

私が現場で働いていた時に大福餅が大好きなおばあちゃんがいて、息子さんが大福餅を買ってきて職員に隠れておばあちゃんに食べさせるんです。お餅って高齢者には危ないから禁止って言われがちですよね。だから施設の中で隠れてこっそり(笑)食べるんです。勉強した知識のある人たちはそれをダメって言うんじゃなくて、どうしたら危なくないように、おいしく食べられるかってご本人、家族と一緒に考えて、堂々とお餅を食べてもらえるような環境や体制を作っていくことが必要だと思うんです。

さびしいけれど人は必ず死んでしまう。最後の時間を少しでもＨＡＰＰＹ♡で居続けられるように、これからも私の知っている介護を多くの人に伝えたいと思っています。

次は
認知症予防体操
やで
介助する側される側
初任者研修でできること、
できないことはあるけど、
次はやってみよな。

レギュラーオリジナル認知症予防体操1

とんとんさすさす

基本的には、椅子に座った状態で行う。
右手をグーにして、ひざ（大腿部）の上をトントンたたきながら、
左手はパーでひざ（大腿部）の上を前後になでる（さすさす）。
手をたたいた瞬間、左右反対にして、右手がパーでさすさす、左手がグーでトントン。
「いつくるか分からない」……意表を突いたタイミングで繰り返すと難しいぞ。
さらに上級者。「かたつむり」などの歌を歌いながらリズムに乗ってやってみよう!!

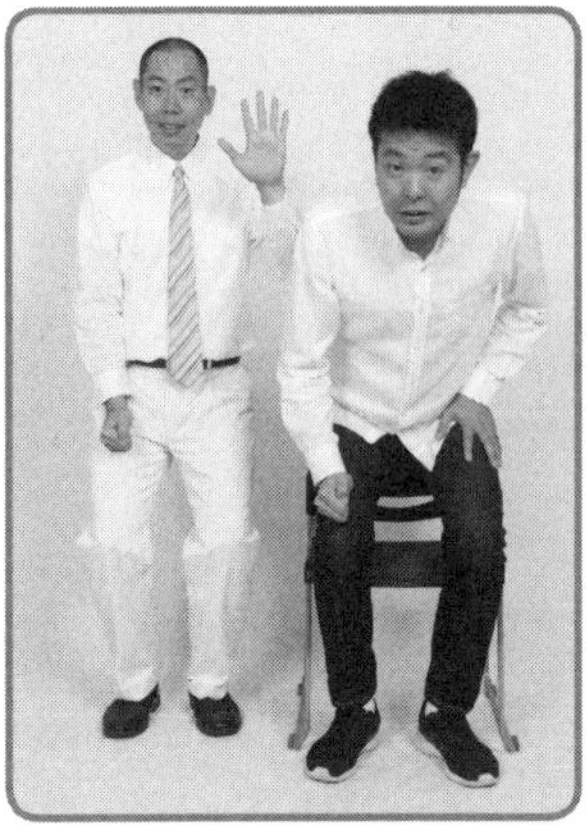

右手がグー、左手がパー

「パチン」で変更

これの繰り返し

動画をチェック!!

▼QR動画は
こちら

▲上の写真をスキャンしてください。

レギュラーオリジナル認知症予防体操2

後だしジャイケン

基本的には、椅子に座った状態で行う。
二人（西川くんとあなた）でじゃんけんをする。
「あるある探検隊」のリズムで、西川くんがじゃんけんの手を出したら、
あなたはそれに勝つように〝後だし〟で手を出す。西川くんがチョキならグー。
後だしなんで、間違えたら素早く変えてもＯＫ。難しい場合は、一テンポ遅れてから手を出しても大丈夫。
さらに上級者。慣れてきたら、逆に西川くんの手にわざと負けるように
「後だし」してみよう!!　結構難しいぞ!!

あるある探検隊!!

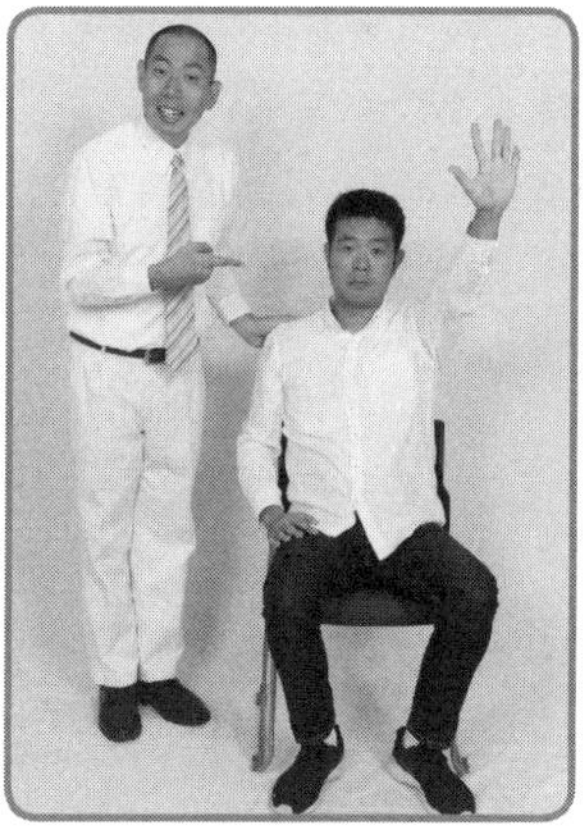

「パー」やから……

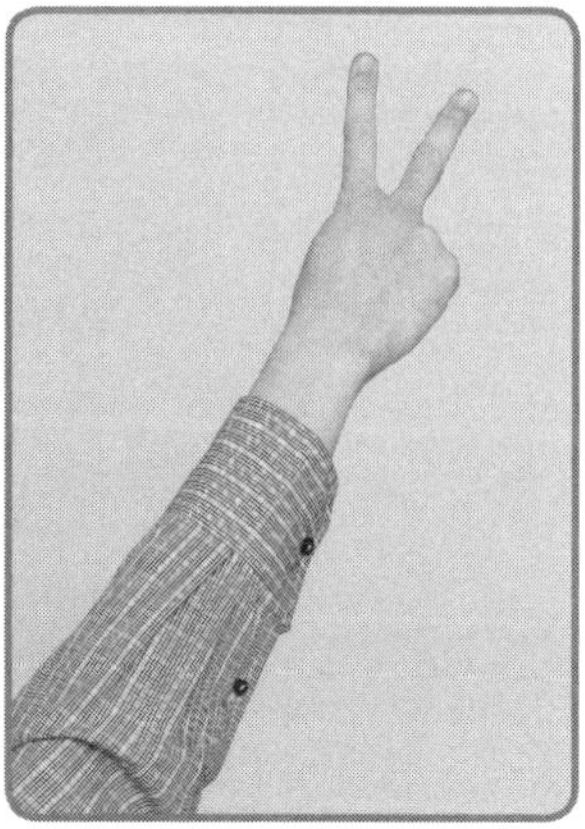

あとだしで「チョキ!!」

動画をチェック!!

こちらから見てね

▼QR動画は
こちら

▲上の写真をスキャンしてください。

レギュラーオリジナル認知症予防体操3

あんたがた気絶

「あんたがたどこさ」の歌に合わせて目を半開きにして左手を上げる西川くん伝説のギャグ「気絶」をする。

「♪あんたがたどこさ」の最後の「さ」に合わせて、リズムに乗って気絶しよう。

リズムに乗ってアクションするのが大事だぞ。

「♪あんたがたどこ……グウウ～」の繰り返し。喉を鳴らすのがキツかったらポーズだけでも可。

今回は西川くんのたっての希望で「気絶」だけど、好きなギャグでも大丈夫。

「♪あんたがたどこ……アイーン」とか。

あんたがたどこ……

さっ……「フグゥー」

これの繰り返しや!!

動画をチェック!!

▼QR動画は
こちら

▲上の写真をスキャンしてください。

レギュラーオリジナル認知症予防体操4

ギャグ体操

「あるある探検隊」のリズムに合わせて足踏み、「ハイ、ハイ、ハイハイハイ」で手拍子。レギュラーの二人があなたから好きなギャグを聞いて、そこに順々に足していく。例えば、ジョイマンさんの「ななななー」なら、「ハイ、ハイ、ハイハイハイ」のあとに、同じリズムで手振りもつけて、「ななななー」を。間寛平さんの「かい〜の」や、村上ショージさんの「ドゥーン!!」などをどんどん付け加えていく。三つを超えるあたりから、記憶力も使うので難しいぞ!!慣れるまでは、それぞれのギャグの直前に「ギャグ名」を言ってあげるといいかも。

「あるある探検隊!!」がベースで……

「ななななー」

「かい〜の」

動画をチェック!!

▼QR動画は
こちら

▲上の写真をスキャンしてください。

レギュラーオリジナル認知症予防体操5

気絶なんでやねん

二人以上の相手に対してやる体操。
西川くん伝説のギャグ「気絶」を誰かの前でやる。
自分の近くで西川くんが気絶したら、
すかさず「なんでやねん!!」とツッコんでください。
西川くんはいつ気絶するかわかりません。
意味不明の「面白くない」フェイントをかけるかも。
自分の前なのか、それとも隣の人の前なのか?
真ん中を見極めるのも難しいぞ!!
結構気まぐれなので、
いつくるか分からないキンチョー感で活性化。

「行け～!!」

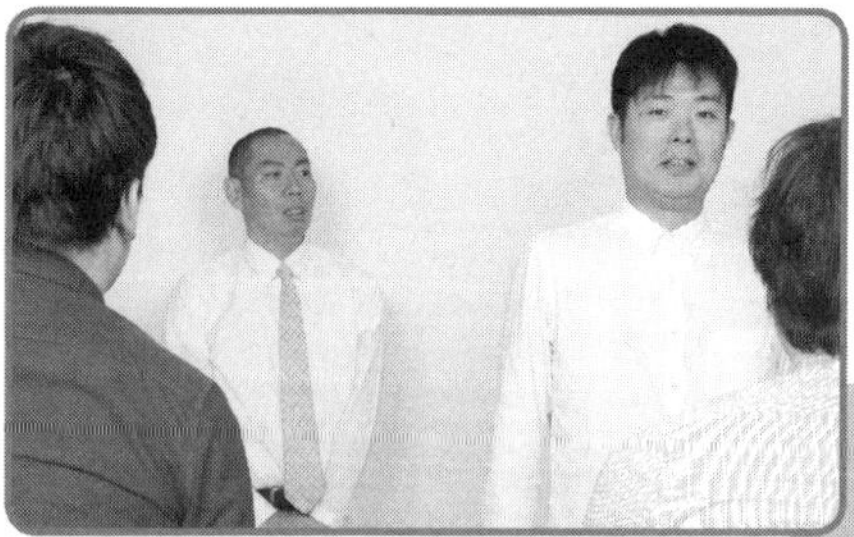

どっちかな……

「フグゥ～」「なんでやねん!!」

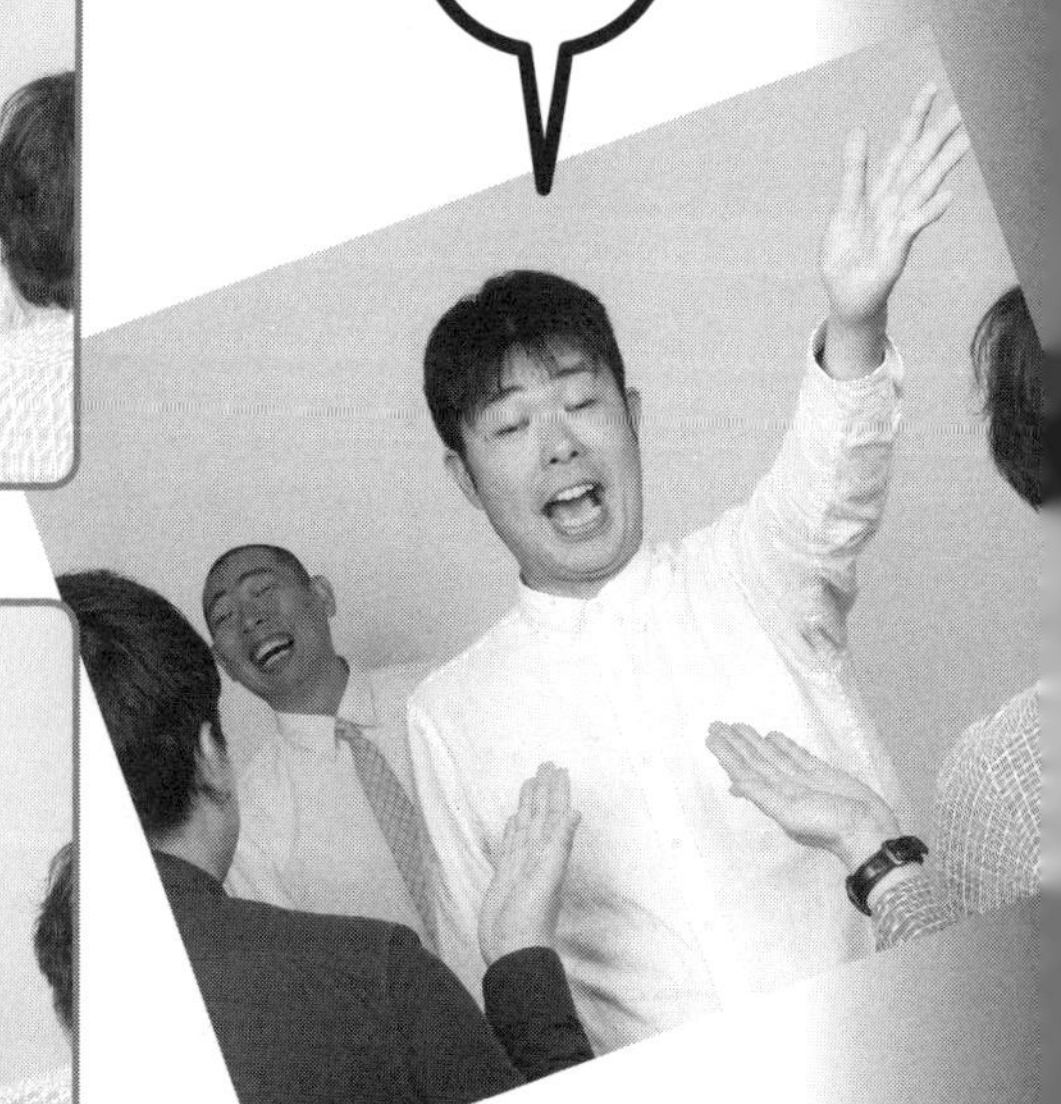

動画をチェック!!

こちらから見てね

▼QR動画は
こちら

▲上の写真をスキャンしてください。

レギュラーオリジナル認知症予防体操6

推理ジャイケン

西川くんがじゃんけんで何を出すのかを推理してもらうゲーム。

ただじゃんけんの手を推理するのは難しいので、
西川くんとちょっとおしゃべりをして、ヒントをもらう。

例えば、「好きな食べ物は？」と質問、西川くんは「贅沢かもしれんけど、カニ」と回答。

カニ……チョキ？　では、「写真撮るときはどんなポーズをする？」と質問。西川くんは「ピース」と答えた。

心配性の松本くん「一番好きな文具は？」と質問。回答は「木工用ボンド」……？？？

さて、西川くんは何を出すのか。裏をかいたりするのも面白いぞ!!

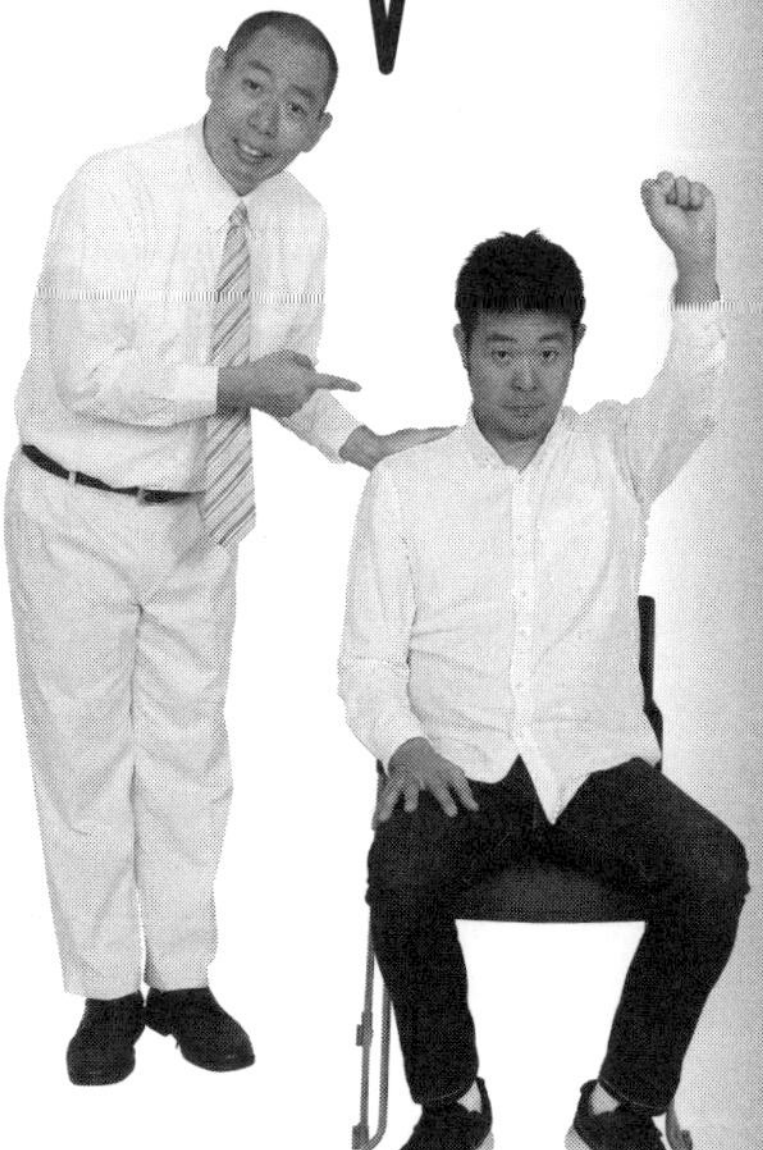

質問してや!!

「カニ」やて……
カニやから……。

チョキには、「グー!!」

動画をチェック!!

▲上の写真をスキャンしてください。

▼QR動画は
こちら

レギュラーオリジナル認知症予防体操7

鼻クロス

文字通り、手を鼻の前でクロスしてもらうゲーム。

まず、右手で鼻をつまんでもらい、左手で右耳をつまんでもらう。

松本くんの手拍子に合わせて、逆（右手で左耳をつまみ、左手で鼻をつまむ）に瞬時で変える。

「あるある探検隊」のメロディーに合わせて、
松本くんが「パンッ!!」の合図。これが意外と難しいぞ!!

慣れないうちは、リズムを遅くして、だんだんと早くしていくのもいいかも。

右手は鼻、左手は右耳から……

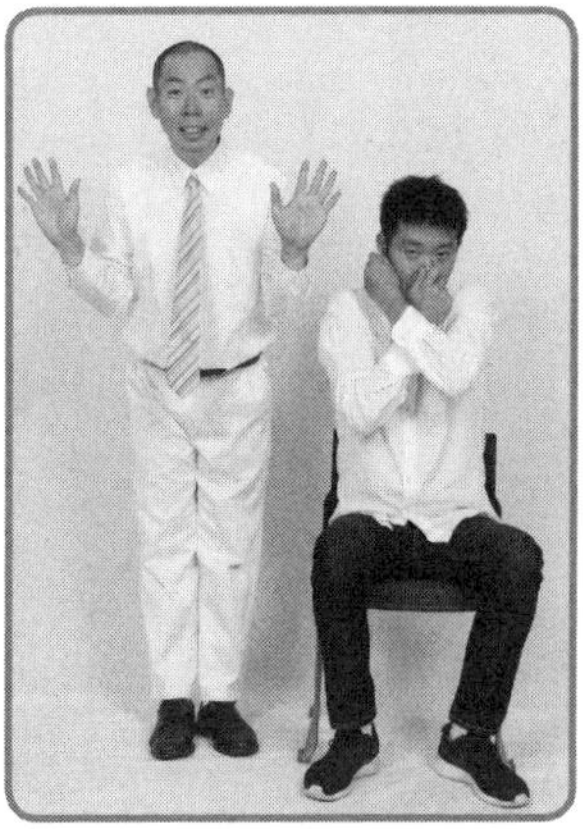

手を「パン!!」でクロス。

「ムズいがな!!」

▼QR動画は
こちら

▲上の写真をスキャンしてください。

レギュラーオリジナル認知症予防体操8

表情探検隊

「あるある探検隊」を顔の表情だけでやろうというゲーム。

3つパターンがあって、「ハイ、ハイ、ハイハイハイ」のリズムに合わせて、「目ぇ閉じて」と掛け声をかけられたら、一旦目を閉じて無表情に。

まず最初は「笑う」、二番目が「怒る」、三番目が、「泣く」と、順番に表情を作ってみよう。

「♪あるある探検隊、あるある探検隊、ハイ、ハイ、目ぇ閉じて笑う……

あるある探検隊、あるある探検隊、ハイ、ハイ、目ぇ閉じて怒る」という具合。

慣れてきたら、直前の掛け声に合わせてランダムに表情を作ってみるのもいいかも。瞬発力が鍛えられるぞ!!

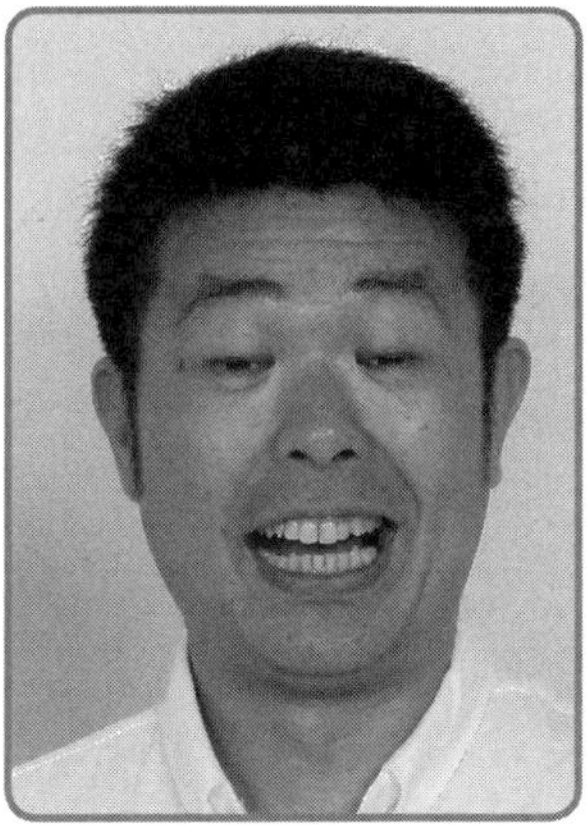

目ぇ閉じて～

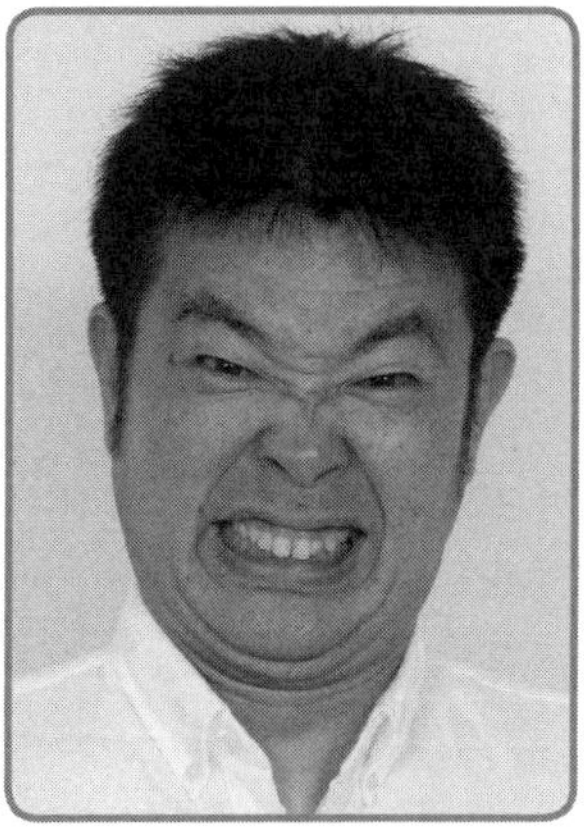

「怒るっ!!」

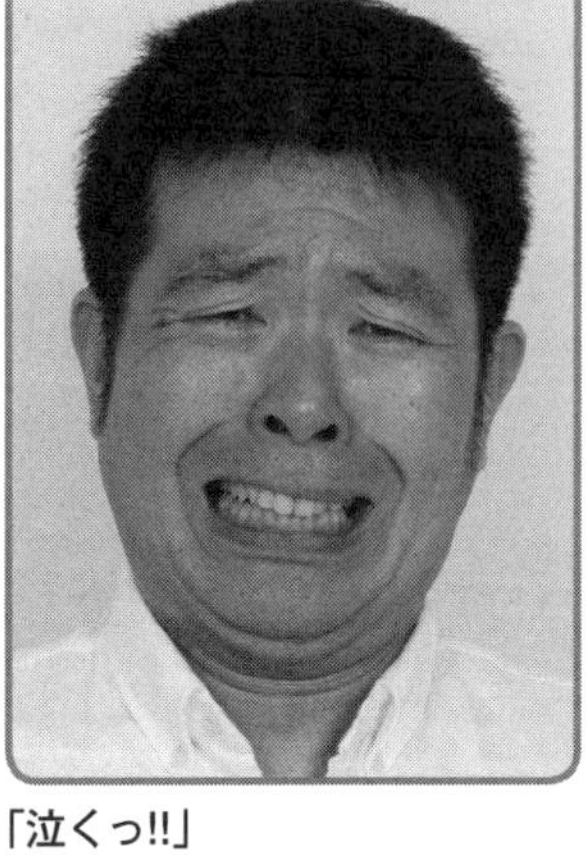

「泣くっ!!」

動画をチェック!!

▼QR動画は
こちら

▲上の写真をスキャンしてください。

レギュラーオリジナル認知症予防体操9

満腹アヒルの大冒険

西川くんがあるものをいっぱい食べて満腹になったアヒルに質問する。掛け声で「♪満腹アヒル、何食べた？」。すると聞かれた松本くんが、口を手でつまんで答える。「ムームームー‼」……当然何を言ってるのかよくわかりません。

みなさんはよく聞いて、「満腹アヒル」が何を食べたのか当ててみよう。何度も質問しているうちに、ヒントをもらえて、ちょっとずつわかるようになるかも。

「粗大ごみ？」、「違います‼　かつ丼や」

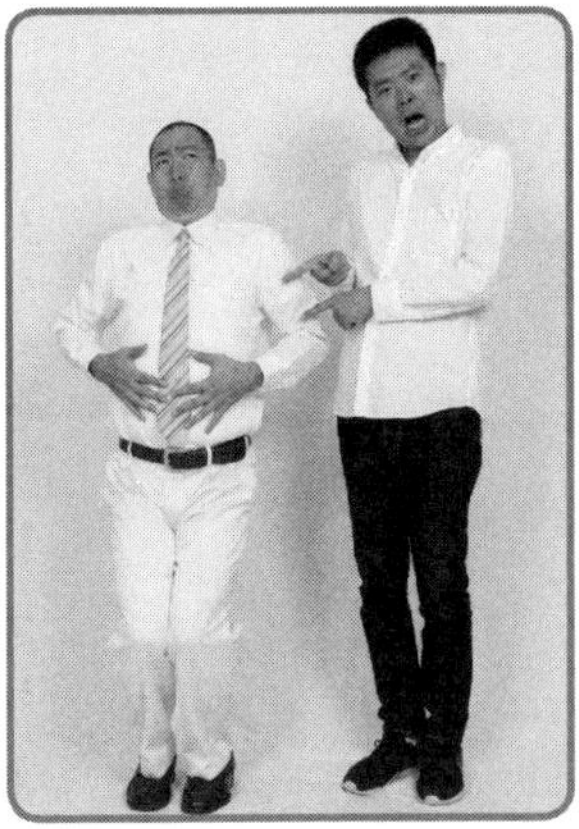

満腹や～

「満腹アヒル、何食べた?」

ムームームー!!

動画をチェック!!

▲上の写真をスキャンしてください。

▼QR動画は
こちら

レギュラーオリジナル認知症予防体操10

目で見るんじゃない、背中で感じろ!

基本的に二人で組んでやるゲームだけど、三人でやっても盛り上がるぞ。
二人バージョンは、松本くんが座っている西川くんの背中に指で文字を書く。
それを当ててもらうというシンプルなもの。
背中に神経を集中すると意外とわかるのだ。
また、「動物」とか、テーマを決めてやるとやりやすい。
文字数が多いと、だんだん難しくなるぞ!!
文字数が多い時は、一文字ずつ区切って、背中をたたいてあげるといいかも。

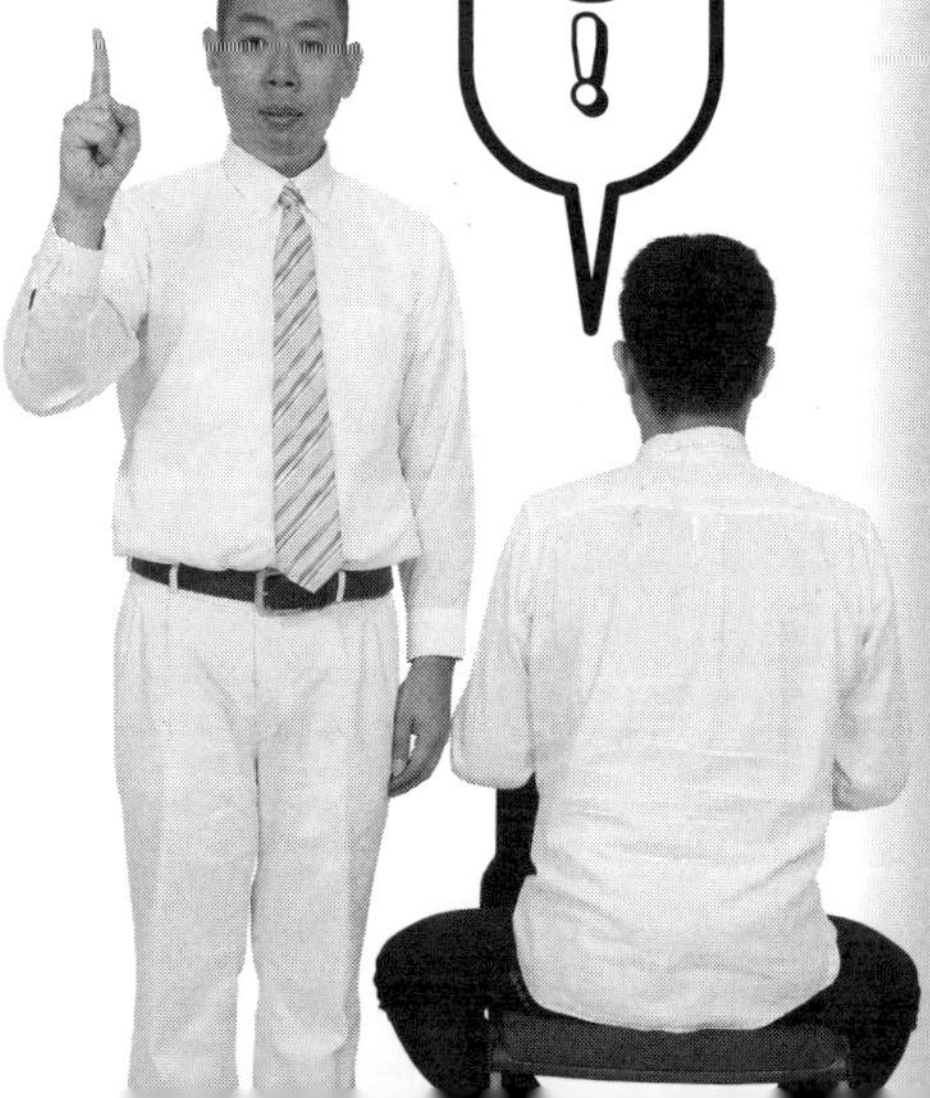

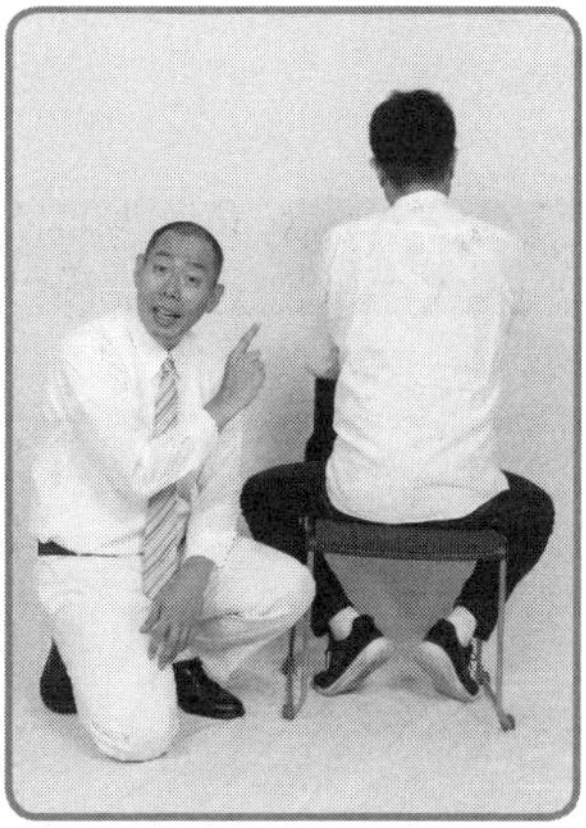

書くで〜

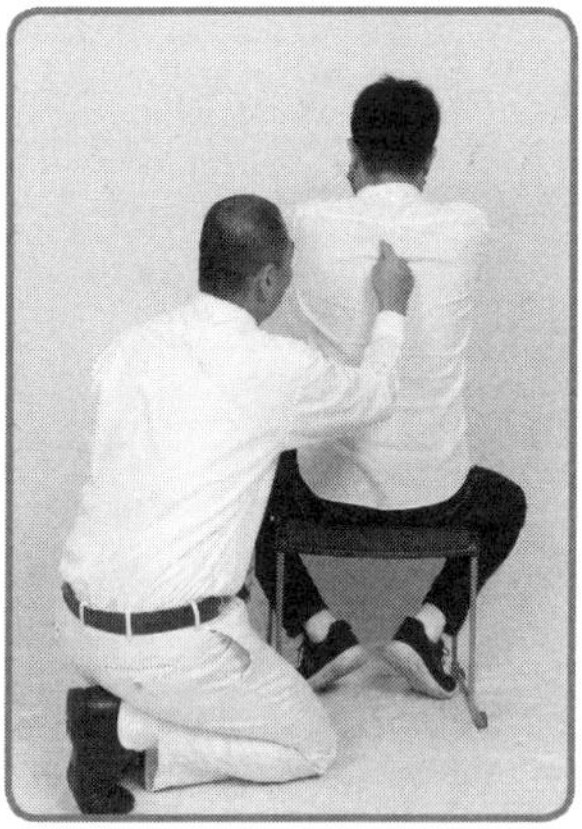

サラサラ……どや?

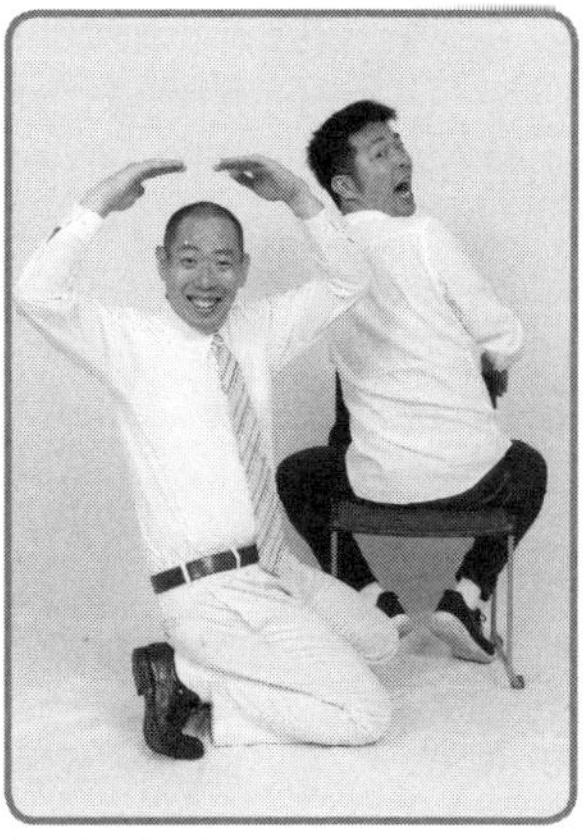

「虎」、「正解!!」

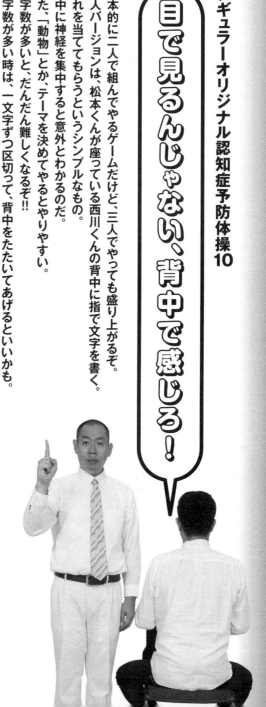

動画をチェック!!

▲上の写真をスキャンしてください。

▼QR動画は
こちら

あとがきにかえて～「魔法の言葉」

介護学生と介護のこれからを考える

介護士になりたい、という夢を抱く若者はたくさんいます。レクリエーション介護士として歩みだしたレギュラーの二人と、介護学校に通っている学生六名で、「介護の未来」について語ってもらいました

ほのカロ　介護実習で最初は施設のお年寄りと打ち解けられなくて、授業で習った魔法の言葉、「教えてください」を思い出したんです。「お花好きって聞いたんですけど、よかったら教えてくれませんか？」って塗り絵を提案したら、お年寄りがキラキラし始めて。いろいろ教えてくれました。

ほのカロ（18歳）

西川　なるほど。確かに僕らも「教えてください」は、よくレクリエーションで使

【出席者】
ななか（19歳）／ななみん（19歳）／ほのカロ（18歳）／りったん（18歳）
まっつー（18歳）／かんの（18歳）

年齢は2019年2月当時

協力：東京未来大学福祉保育専門学校

わしてもらいます。その方が喋ってくれはるんで。その地域の、地元のおいしい食べ物とか、出身地のおみやげとか。

松本　こっちからなにかやってくださいって言うよりも、「何が好きですか?」って聞いて、「演歌が好き」って答えたら、「演歌って僕ら、あんまよく分からないんで、一番有名な曲って何ですか?」って聞いて、やってもらう。その人きっかけに別の人が、「こっちもあるよ」とか、「こっちの歌の方が有名だよ」とか言ってくれたり、盛り上がってくれるな。

西川　いろんな人が各々喋りだすのは、確かにあるな。それは僕らも似たような経験はしてる。

ななみん　僕たちも将来、介護福祉士としてお二人のように活躍したいです。レクリエーション介護士として、一番大事だと思うことは何ですか？　信念とか。

ななみん（19歳）

西川　変な言い方やけど、「ヘラヘラしてる」って思われるくらい、常にニコニコすることかな。

松本　そうそう、敵じゃないですよっていう。芸人ってこれが難しいんやけど、ツッコむと、その人がメンタル的には、「バカにされた」と思う瞬間もあったりするねんな。そこはもう、ヘラヘラして楽しく、「これ、愛があるからイジってるんですよ」っていう雰囲気を作るようにしてる。その安心感がないと、「何？　今の」とか、「失礼やな‼」ってなっちゃうんで、空気感には気をつけてる。

西川　「あ、今怒られてる」とかいう瞬間もあって、顔は笑ってるけど、メチャメチャ心臓はドキドキしてたりとか。それでも顔だけは笑ってるようにはしてる。

ななみん　例えば怒られた時って、どうするんですか？

西川　それはもう僕らコンビなんで、松本くんに「もう西川くん失礼やな」とか、「声でかいんちゃうか？」

りったん（18歳）

みたいに言ってもらって、先回りして相方から怒ってもらうとか。

松本　コンビの芸人だから、「すいませんコイツ、バカなんですよ」とか、「いい加減にしいや」って言って、どっちかがフォローするっていう。

西川　僕は性格的に一人だけ笑ってへん人とか気になるんで、舞台でも、「ああ、このおじさん全然笑ってへんな」とか、すごい見てしまう。ピンポイントでその人に行きたくなるかな。まあたいてい失敗すんねんけど（笑）。全員が笑ってほしいっていう空気感はあるなぁ。施設でも常に笑うことだけは心がけてる。

りったん　私もお年寄りに「外の空気吸いたい」って言われて。でも寒い季節だったし、外に出るっていうことは実現できなくて、お部屋の中でレクリエーションしたんです。介護の対象の人たちって私たちのように好きに外に出られない人もいて。室内でどう楽しんでもらうか、いつもと違う空気を感じてもらえるかはとても難しいです。

松本　僕らも気をつけてんのは、芸人として舞台に立つ時もそうやけど、自分らも極力楽しもうと。いろんなコンビの人がいると思うけど、僕らが楽しんでるのを見てくれて、それが伝染していってくれればいいなという気持ち。レクリエーション介護の場合でも、極力二人で楽しむ。僕らがその場の空気を作るっていうんかな。利用者さんが分からへん話でも、楽しい空気はこっちで作る、それにちょっと参加してもらうっていうのを心掛けたいな。外の空気は吸わしてあげられないけども、僕らがいつもと違う空気を作って今日は何かいつもと違うな、って思ってもらうみたいな。自分がホンマ楽しんで、「めっちゃ面白い」っていうのをアピールするというか……。

西川　キャッキャするというか、自分も楽しんでやった方が、利用者さんも楽しいんちゃうかなと。学生のみなさんがいるってだけでも空気は変わると思うんでね、楽しんでやっていってください。

かんの　僕が実習中に困ったのは、レクリエーションやみなさんとの交流にぜんぜん参加してもらえない方がいたことです。

西川　ああ、いる。でも基本無理をしない。例えば、「この近所でおいしい定食屋さんは？」とか、全員に声掛けして、一人が「あそこや」って言ったら、「なにそれ？　どこ？」とか、全員に投げかけて、「いや違う、こっち」とか、そう持っていくとしゃべってくれる。

松本　敷居を低くするというか。

西川　全員でしゃべってる感じを出したほうが無口な人も話してくれるかなっていうのは思っていて。僕ら一時間やるから、その時のペースメイカーみたいになる人がいてくれると助かんねん。

かんの（18歳）

松本　先頭で走ってくれるような（笑）。「楽しいですよ、この空間」っていうのをみんなで作り上げて、その中に入ってもらうほうが協力してくれるとは思いますね。そこにいるのは、一人じゃないからね。みなさんがいてはるから。僕らはそこでちょっとネタやって帰るけど、そこにいるみなさんは僕らが帰っても関係が続く。「あいつら面白かったなぁ」って後で言ってもらえるか知らんけど、そうなれたらいいな。僕らとその人の交流でなくて、その場にいる人みんなで共有できる感じが大事かな。

まっつー（18歳）

まっつー　僕もレクリエーションをやりたいんですけど、僕たちに比べると利用者さんがあまりにも大先輩過ぎて、どこまでやって楽しんでもらえるか……。

西川　ああ～、八〇歳九〇歳の人に。僕はまあ今四〇

ななか（19歳）

歳で、倍くらい歳が違うよな、利用者さんと。大先輩に対して、ガツガツって言い方は変やけど、気さくに行ったほうがしゃべってくれる気がするけどな。気ぃ使ってたら、向こうもなんか気ぃ使うんちゃうかなって思ってしまうんやけど。どうかな？

松本　自分の好きな何かを教えるでもいいしね。

西川　だから、彼女（ほのカロ）が言うてたやん。「教えてください」スタンスで行ったほうが向こうは言いやすいと思うねん。「教えてください」って言ったら、多分向こうもいっぱい知識持っててしゃべりたいから、教えてくれるんじゃないかな。確かにホンマ正解はないし、いい時もあれば悪い時もあるし、いろんなこと考えながら、「今日はあーやな」、「こーやな」とか言いながらやってるんで。

ななか　利用者さんが喜んでくれることで、私も元気をもらったりするんですけれど、笑ってもらって、お二人は元気出ますか？　そんな経験ってありますか？

西川　それは、まず僕ら芸人なんで、それが源でお金を稼ぐ仕事ですから（笑）。

松本　笑ってもらえるのもありがたいし、僕らの仕事は笑ってもらえれば正解の世界なんで、一番大事にするところやけれど、あまり笑いを狙いすぎると、相手を傷つけてしまう場合もあるから、そこは気をつけながら……介護に関してはそういう感じかなぁ。一番ありがたかったのは、「何も反応しなかった人が、あれだけ笑っててビックリしました」とか、終わってから施設の人に言ってもらえたりとか。

西川　普段、舞台で一〇〇人、二〇〇人の前でやってる時もあるけど、施設で二〇～三〇人の前でやって、一人の人にすごい感謝してもらった時は、やってよかったなって思うかな。芸人としての原点に還るというか。一番力にはなるよ。笑ってもらえるのが一番やから。帰る時に車いすで見送りに来てくれたり、やっぱりうれしいね。まあ、僕らもまだ勉強中なんで。みなさんにいろいろ聞けて、刺激になりました。

松本　やっぱり世代が違うし、全員を楽しませたり、参加してもらうっていうのは難しいよね。でも、僕らがそこに行って同じ空間にいるだけで、昨日とは違うちょっといい一日になったらいいなと思う。

西川　ただ見て聞いてるだけかもしれんけど、僕らには見えないけどその人の心の中ではニコニコしてくれてるかもしれないし、寝る前に思い出し笑いしたり、参加の仕方はそれぞれあっていいよね。

松本　その空間に一緒にいて、一体感あって、いつもと違う空気感じて、みたいな。

西川　無理にしなくていいし、無理に笑った顔を見せなくてもいい、その人なりにそこにいてくれるだけでいいよっていうのが尊重かと。

松本　僕らが介護される側になった時、君らに看てもらうことになるかもしれへんし、お互い「する側」「される側」というんじゃなくて、一緒に生きている一体感みたいなものが重要なのかもしれへんね。

西川　介護ってマイナスなイメージが多く言われてるけど、現場にいる人たちはがんばってはるし、そんなに悪いことばっかりじゃないよね。一所懸命生きてきて、いい時間を過ごそうとしてる。

松本　僕らもそういうところに行って、キャッキャして、みなさんに元気になってもらいたい。僕らも元気もらってる。

西川　明日は我が身じゃないけれど、これからは特に、介護はどの世代にも関係ある話。介護の業界が元気になるよう、一緒に頑張りましょう。

レギュラー

1998年4月結成。2004年、「あるある探検隊」でブレイク。

2014年、一念発起して介護職員初任者研修を取得。

次いで、レクリエーション介護士2級の資格も取得した。

現在は介護関係の講演やイベントにも多数出演し、“介護芸人”としても活躍している。

STAFF

取材・構成 ………………………………………………… 篠崎美緒（まえがき、第1章、第2章）
構成協力……………………………………………………… 藤井寿和（第3章）
椎野紗綾香（第4章）

監修…………………………………………………………… 藤井寿和（老い学ジャーナリスト研究会／
レクリエーション介護士1級2級公認講師）
「介護の手順&ケーススタディ」取材協力／監修 … 笹岡大史（春日部在宅診療所　ウェルネス）
「介護これができたらHappy」取材協力／監修　… 椎野紗綾香（東京未来大学福祉保育専門学校）

撮影（スチール／動画）…………………………………… 河村正和
撮影（スチール）…………………………………………… 藤岡啓（竹書房）
撮影協力……………………………………………………… 東京未来大学福祉保育専門学校と生徒さんたち

動画編集……………………………………………………… 秋田頼子

アートディレクション …………………………………… 米谷テツヤ（PASS）
デザイン……………………………………………………… 白根美和（PASS）
イラスト……………………………………………………… 武内未英（PASS）

協力…………………………………………………………… 株式会社元気グループホールディングス
学校法人三幸学園
東京未来大学福祉保育専門学校
BCC　株式会社スマイル・プラスカンパニー

アーティストマネージメント …………………………… 吉本興業株式会社

レギュラーの
介護のこと知ってはります？
レギュラー

2019年8月7日　初版第1刷発行

発行人　後藤明信
編集人　藤岡啓

発行所　株式会社竹書房
〒102-0072　東京都千代田区飯田橋2-7-3
ＴＥＬ03-3264-1576（代表）
03-3234-6301（編集）
竹書房ホームページ　http://www.takeshobo.co.jp

印刷・製本　共同印刷株式会社

ISBN 978-4-8019-1957-0